KB245458

나를
미치게 하는 것들

나를
미치게 하는 것들

함정임

푸르메

나를 미치게 하는 것들

1판 1쇄 발행 2007년 2월 7일
1판 2쇄 발행 2007년 2월 26일

지은이 | 함정임
펴낸이 | 김이금
펴낸곳 | 도서출판 푸르메
등록 | 2006년 3월 22일(제318-2006-33호)
주소 | 서울시 마포구 서교동 451-45 303호(우 121-841)
전화 | 02-334-4285~6
팩스 | 02-334-4284
전자우편 | prume88@hanmail.net
인쇄 · 제본 | 한영문화사

ⓒ 함정임, 2007

ISBN 978-89-958003-6-2 03810

* 책값은 뒤표지에 표시되어 있습니다.
* 저자와 협의하여 인지를 생략합니다.

감탄하는 것도 능력이다. 반응하고, 표현하는 것도 능력이다.
세상을 향해, 브라보! 하고 외치는 일이
어쩌면 그동안의 삶을 뒤집는 일만큼이나 힘든 일일지도 모른다.

어느 날에는,

먼 이국의 교외에서
버스를 타고
스쳐 지나가는 차창 밖을 바라보며
귀에 익은 비틀즈의 노래를
흥얼거렸다;

페니 레인, 거기엔 이발소가 하나 있지요. 이발소 벽에는 주인 이발사의 손을 거쳐간 재밌는 머리 사진들이 주욱 걸려 있답니다. 사람들은 오고가며 잠시 멈춰서서 인사하지요. 안녕하세요?라고. 페니 레인, 그곳은 내 눈, 내 귀 속에 살아 있습니다. 거기, 소박한 교외의 하늘 아래 나는 잠시 앉았다 돌아옵니다.

그리고 바람이 불었고, 나는 또 떠났다.
어느 날에는 노래가, 어느 날에는 들꽃이, 또 어느 날에는 연인이 나를 불렀다. 3년이면 얼마나 긴 세월일까. 차라리 시간이라고 해야 할까. 아니다 돌아보니 찰나, 순간이 맞겠다. 이 책은 지난 3년간 바람처럼 세상을 떠돌며 기록한 내 사유의 집이다. 어느 날에는 소설을 쓰다가 공항으로 달려가 아일랜드로 떠났고, 또 어느 날에는 저녁밥을 짓다가 서재로 달려가 편지를 썼다. 이곳에서는 저곳으로, 저곳에서는 이곳으로. 그리고 보니, 이 책은, 하나의 거대한 편지가 아닌가. 편지만한 속 깊은 인사가 있으랴. 나는 하루도 빠짐없이 어린 아들에게, 멀리 있는 연인에게, 그리고 세상 사람들에게 간절한 마음을 건넸다. 그 한순간, 미칠 것 같은 그 순간을 나는 사랑한다.

　모든 것은 한순간에 있다. 세상이 나와는 무관하게 저만치 떨어져 돌아간다는 생각, 그리하여 내 가슴은 어디를 가도, 무엇을 봐도, 누구를 만나도 뛰지 않는다는 사실을 깨닫는 것. 살아도 산 것이 아닌 것. 스무 살 청춘 시절부터 꿈꾸던 곳이 있었다. 햇빛 쏟아지는 지중해 바닷가 언덕에 있는 해변의 묘지였다. 막 떠오른 신선한 햇빛과 그 빛살에 거뭇거뭇 서있는 대리석 묘석들. 삶과 죽음이 명징하게 마주보고 있는 그곳을 찾아가기 위해 나는 20대의 나날을 노동했고, 저축했고, 그리고 떠났다. 그곳, 그 꿈의 장소에 이르러서 나는 정작 무엇을 했던가? 고작 5분여 서있었을 뿐, 집으로 돌아오는 길은 멀고 아득했다. 그렇게 시작된 꿈길이 20년째 계속되었는데, 어느 한해, 한순간, 내 가슴이 더이상 뛰지 않는다는 것을 느꼈다. 아무것도 나에게 말을 걸지 않았고, 그러니 내 가슴은, 내 눈은, 내 발길은 차가운 돌덩어리처럼 굳어버렸다.

　어떤 노력을 했던가. 가만히 기다렸던가. 아니다, 끊임없이, 세상의 부름에 반응하고, 말을 걸고, 머리칼을 휘날리며 그 속으로 걸어 들어가야 했다. 다시, 가슴이 뛰고, 그리하여 뜨거운 숨결을 토해내고, 들이마실 수 있게 되자, 그것이 축복임을 깨달았다. 동네 이발소 벽에 붙은 재밌는 머리 사진들을 보고 미소를 짓고, 오고가며 잠시 발걸음을 멈추고 안녕하세요?라고 말을 건넬 수 있는 것, 그것이 행복임을 느꼈다. 멀고 먼 길을 돌아왔지만, 나를 미치게 하는 것들, 나를 떠나게 하고, 그리하여 살게 하는 것들은 언제나 그 자리에 있다. 여기, 달리는 내 삶, 뜨거운 내 가슴속에!

2007년 정월
서울—부산 간 초고속 열차에서
함정임

차례

뜨거움에 관하여

내 공간 속 미지여행

인생은 아름다워!

뉴욕 맨해튼(2006), © 함정임.

브라보, 노마드 라이프!

그때부터였을까. 기차역의 지붕만 보면, 기차, 기적소리, 두 줄기 검은 철로만 보면, 언제라도 저 멀리, 여기가 아니라면 그 어디라도, 훌쩍, 떠나고 싶은 충동에 휩싸이는 것이. 설렘과 황홀, 두려움과 기대 속에 나를 내맡기고, 또 다른 나, 또 다른 세상, 또 다른 미美를 찾아 떠나고 싶은 열병에 몸을 떠는 것이.

내가 사랑한 기차, 기차역

내 인생의 기차역

신촌역, 장흥역, 강촌역, 춘천역, 군산역, 수원역, 그리고 서울역. 대학에 입학하던 스무 살 무렵의 나에게 각인된 최초의 기차역은 서울역, 지금의 구서울역사였다.

생라자르 역, 리용 역, 암스테르담 역, 튀빙겐 역, 도쿄 역, 뮌헨 역, 마드리드 역, 브뤼셀 역, 니스 역, 그리고 아를르 역……. 청춘 시절 기차로 유럽 대륙을 돌아다니다 온 서른 무렵의 나에게 가장 기억할 만한 기차역은 남프랑스의 아를르 역이었다.

그리고 또 10년. 테르미니 역, 산타루치아 역, 베를린 역, 프라하 역, 루앙 역, 르아브르 역, 부다페스트 역, 부산역, 그리고 백마

역. 세상의 수많은 크고 작은 기차역들을 지나온 나에게 가장 소
중한 기차역은 일산 백마역, 내가 지금 서있는 창밖 저 아래로 보
이는 문산행 기차의 중간역인 백마역이다.

미당은 산수유나무꽃에 비밀을 말했다고 하지만, 나는 기차역,
한 시간에 두 번 기적소리 아련히 내 심장을 뒤흔들며 지나가는
기차에게 추억을 말하곤 했다. 보들레르처럼 나는 '천년을 산 것
보다 많은 추억을 가지고 있다'고 외칠 정도는 아니지만, 기차에
관한 추억이라면 보들레르에게 뒤지지 않는다. 보들레르가 살았
던 19세기가 아니기도 하지만, (그러나 19세기 중반에 시작된 철도
의 역사는 그가 살았던 19세기 유럽의 거리 개념과 속도를 바꾸어 놓
았다) 보들레르보다 기차에 얽힌 추억, 기차에 관련된 글, 기차로
부터 비롯된 운명의 순간은 내가 더 많으리라.

여수旅愁의 시작, 서울역

기차, 또는 기차역이라는 것이 처음 내 시야에 들어온 것은 대
학 입학을 앞두고서였다. 유서 깊은 성곽도시 수원에서 여고를 다
녔던 나는 신촌에 있는 여대의 불문학과에 입학할 예정이었다. 예
비 불문학도로서 명동 신세계 백화점 뒤에 있는 불어전문학원인
알리앙스 프랑세즈에 다니기 위해 두 달 동안 매일 수원역과 서울
역을 오고 가야 했다. 그때 내가 탔던 것은 기차가 아니라 1호선
전철이었지만, 전철역과 기차역이 한 역사 안에서 들고 나는 붉은
벽돌의 서울역은 나에게 하나의 거대한 성채였다. 서울도 아니고

지방도 아닌, 서울을 둘러싼 위성도시에 살고 있던 나에게 낯선 공간, '먼 곳에의 그리움'을 일깨우며 불현듯 내 눈앞에 나타난 것이었다.

어스름 저녁 어둠이 내릴 무렵, 붉은 벽돌의 서울역사에 불이 켜지고, 플랫폼마다 김을 뿜으며 미지의 곳으로 떠날 채비를 하는 기차들을 볼 때면, 나도 모르게 가슴이 뛰고, 집이 아닌 다른 곳으로, 정든 식구들이 아닌 이방인의 나라로 실려 가기라도 할 듯, 발길이 흔들렸던 기억이 생생하다. 그때부터였을까. 기차역의 지붕만 보면, 기차, 기적소리, 두 줄기 검은 철로만 보면, 언제라도 저 멀리, 여기가 아니라면 그 어디라도, 훌쩍, 떠나고 싶은 충동에 휩싸이는 것. 설렘과 황홀, 두려움과 기대 속에 나를 내맡기고, 또 다른 나, 또 다른 세상, 또 다른 미美를 찾아 떠나고 싶은 열병에 몸을 떠는 것.

수원역과 서울역을 오가는 사이, 그리고 파리 리용 역과 니스, 그리고 로마 테르미니 역과 베네치아 산타루치아 역을 오가는 사이, 또 그리고 일산 백마역과 서울역, 그리고 부산역을 오가는 사이, 나는 어느덧 여수를 사랑하는 인간, 여행 이전과 여행 이후의 번잡함과 나른한 피로를 즐기는 인간, 짧은 저곳의 시간을 위해 긴 이곳의 삶을 견디는 인간이 되고 말았다. 시대 용어를 빌어 표현하자면, 나는 한곳에 정착하기보다는 변화를 꾀하는 노마드(유목민)적 인간, 더 적확하게 말하자면, 21세기형 노마드라기보다, 그보다 한 템포, 아니 반 발짝 뒤에 선, 이방인의 시조 보들레르의 19세기와 디지털 첨단 통신 기기로 무장한 21세기의 중간에 놓인

'로맨틱 노마드'라 할 수 있을 것이다.

기억할 만한 지나침, 아를르 역

서울역이 하나의 놀라운 세상으로 나를 사로잡은 이후, 또 하나의 기차역을 만났다. 반 고흐의 아를르, 아름다운 론 강 옆의 아를르 역이었다. 파리에서 프랑스 남쪽으로 타고 내려가 서쪽으로 지중해안선을 달리는 기차여행을 계획하고 있던 나에게 아를르는 중간 경유지도 목적지도 아니었다. 파리에서 시작된 여행은 아비뇽에서 사흘, 그르노블에서 이틀, 그리고 세트와 니스에서의 며칠을 예정하고 있었다. 교황의 유수로, 또 피카소의 그림으로 유명한 아비뇽의 세계 연극 페스티벌에 참가했다가 세트라는 지중해안의 작은 항구도시로 향하던 길이었다.

사흘간 밤낮으로 찾아다녔던 연극 공연과 거리 곳곳에서 벌어지던 축제의 열기가 8월의 태양과 함께 온몸을 감싸고 있었다. 심신의 휴식이 필요했다. 눈을 쉬도록 멀리 바라볼 공간이 필요했고, 머릿속을 텅 비울 시간이 필요했다. 친구의 배웅을 받으며 아비뇽 역을 출발하자마자 깜박 졸았던지 깨어나 창밖을 바라보니 기차가 서행을 하고 있었다. 짙푸른 강물이 유유히 흘러가고 있었다.

나는 얼마나 멀리 온 것일까. 아비뇽 교황청에서 바라보았던 강물과 같은 줄기였을 텐데도 아연 다른 세상에 와 있는 것 같았다. 기차가 멈추고, 나는 맑은 눈으로 창밖을 보았다. 단층의 작고 아담한 역사가 한눈에 들어왔다. 승객들이 빠져나간 역사는 햇빛을 가린 구름 그림자 아래 고요했다. 나도 모르게 가방을 챙겨들고 기차에서 내렸다.

아비뇽이 로마 교황청을 제압한 프랑스 왕권에 의해 7대째 교황청을 옮겨온 곳으로 유명하다면, 아를르는 작은 로마라 비견될 만큼 고대 로마의 유적들로 가득한 것이 특징이다. 아를르에서 이틀간 머물면서 나는 로마시대의 원형 극장을 따라 산책을 하기도 하고, 반 고흐와 폴 고갱의 노란집(하숙했던 여인숙) 주위를 어슬렁거리기도 하고, 반 고흐가 화제畵題로 삼았던 론 강의 다리를 건너갔다 오기도 하고, 역시 반 고흐가 즐겨 찾던 포럼 광장의 카페 테라스에 앉아보기도 하고, 그리고 한국소설을 불역 출간한 출판사로 알려진 '악트 쉬드' 사의 사옥 겸 서점을 둘러보기도 했다. 그리고 무엇보다 한때 반 고흐가 정신 발작으로 수감되었던, 지금은 24시간 개방을 자랑하는 도서관으로 변모한 시립병원 뜰의 꽃밭(반 고흐의 그림이 있음)을 거닐어보기도 했다.

아를르를 떠나면서 나는 무엇을 생각했는가. 아를르는 연극의 막간처럼 잠시 내게 주어진 공간이자 시간이었다. 이틀 동안 유보했던 세트행 지중해안선 기차를 기다리는 동안 아비뇽으로 가득 찼던 내 머릿속은 어느덧 텅 비어 있었다. 밤의 카페 테라스, 별이 빛나는 하늘, 화가를 매료시켰던 강렬한 햇빛, 유유히 흐르는 강물. 나는 아를르를 등지고 앉아 생각했다. 아를르의 것은 아를르의 것으로! 그리고 나도 모르게 소설의 한 대목이 써지고 있었다.

……그날 나는 기차역에 앉아 있었다. 하루 종일 기차가 가고,

오고, 하는 것을 바라보는 것 이외에 내가 한 일이란 아무것도 없었다. 먼 곳의 사람들이 내리고, 타고, 지나갔다. 마지막 기차가 도착하고 또 떠나도 나는 자리에서 움직일 줄 몰랐다. 대합실 문은 밤새도록 열려 있었다.

―〈문 밖에서〉

8년 만의 회귀, 백마역

백마역 옆으로 이사를 했었다. 니체식으로 거창하게 말하면 영원회귀, 니체의 영원회귀를 불후의 히트작 〈참을 수 없는 존재의 가벼움〉에 멋들어지게 활용했던 쿤데라식으로 치장해서 말해 향수라고 하면 과장일까. 그러나 백마역은 나에게 '그리운'이라는 수사가 따로 필요한 기차역이다. 백마역과 나는 무슨 연관이 있는가.

12년 전 백마역 옆에 보금자리를 틀었었다. 일산이라는 새도시가 완성되는 중이었다. 사방으로 시멘트 먼지가 바람에 날렸고, 나무들은 가냘픈 줄기를 허공에 띄운 채 흔들렸다. 나는 품에 젖먹이 아기를 안고 기차역까지 바람 부는 소로를 걸어가곤 했고, 때론 뒤뚱거리는 자전거에 실려 기차역을 지나 꽤 멀리까지 달려갔다 오곤 했다. 젖을 떼고 걸음마를 시작할 무렵 아이는 한 시간에 두 번 오고 가는 기차와 기적 소리에 열광했고, 기찻길로 통하는 소로에는 조팝나무 흰 꽃이 폭소처럼 하얗게 피었다 지곤 했다. 소설이 쓰이지 않거나, 특별한 독서를 해야 할 때 나는 기차를 타고 종착지인 문산역과 서울역을 오가기도 했고, 소설을 탈고했거나, 서평을 마감했을 때는 아이와 함께 기차를 타고 신촌 나들이를 하기도 했다. 그렇게 4년을 살았던가. 나는 백마역을 떠나 호수 쪽으로, 강 쪽으로 이사를 하다가 결국은 서울 쪽으로, 그러다 급기야는 대륙을 바꿔 프랑스로, 또 아일랜드로 삶을 옮길 작정을 하기도 했다. 어쩌다 백마역 앞을 지나갈 때면, 광장 아래 움푹 내려앉아 있는 백마역사의 간판을 한 번 더 돌아보곤 하면서, 무엇이 나를 백마역으로부터 떼어놓았을까, 생각해보곤 했다. 삶인가, 죽음인가. 아니면 사랑인가.

백마역을 떠나면서 8년 동안 나는 무엇을 했던가. 우회, 아니 방랑을 한 것인가. 멀어질수록 사무치도록 그리운 백마역이었다. 어떻게 소설을 쓰지 않고 견딜 수 있겠는가.

'45분 기차가 떠난 지 30분이 되어간다. 대합실에 앉아 기차가 지나가는 것을 보고 있으면 달리는 말을 틈 사이로 보는 것 같다.' …… 누구를 기다리자고 자리를 지키고 있는 것도 아니면서 철원네는 기차가 뿌앙뿌앙 요란하게 기적 소리를 낼 때면 어김없이 가슴이 심하게 흔들리곤 한다. 기차가 도착하고 외지에서 실려온 낯선 사람들이 우루루 대합실로 쏟아져 들어오는 순간이면 새삼 가슴이 뻐근해지며 생기가 솟구친다.

—〈그리운 백마〉

율리시즈를 고향 이타카로 돌아오도록 만든 것은 가슴에 맺힌 향수였다. 그 향수의 본질은 무지無知, 무지로 인한 고통이었다. 내가 떠나온 곳에 대해 더이상 알지 못할 때의 고통, 그리하여 그곳으로 돌아가는 꿈을 계속 꿀 수밖에 없는 존재. 백마역은 8년 전 모습 그대로였다. 나무가 울창하게 자랐을 뿐이었다. 8년 만에 백마역으로 돌아오면서, 저 아래 창밖으로 불 켜진 밤의 백마역을 내려다보면서 참으로 오랜만에 깊은 숨을 쉬었다. 그 숨결의 의미는 무엇인가. 고향으로 돌아왔다는 안도감, 향수 저편의 휴식인가.

저기 어둠을 가르며 마지막 기차가 지나간다. 기차가 사라지자 더 깊은 어둠이다. 그러나 어떠한 어둠도 오래가지 않는 법. 그러니 기차는 곧 다시 올 것이다. 기적 소리 우렁차게 울리며.

순간에서 영원으로

위고는 말했다. "파리를 호흡하는 것, 그것은 영혼을 보존하는 일이다"라고. 위고의 말처럼 파리를 생각하지 않고는 단 하루도 보내지 못하는 사람들이 있다. 파리에 홀린 사람들. 파리와 함께 젊음을, 꿈을, 희망을, 그 절망마저도, 그리하여 인생의 한 시절을 파리에서 살았던 사람들이 그들이다. 최루 연기 자욱한 캠퍼스의 어두운 강의실에서 불어로 떠듬떠듬 아폴리네르의 〈미라보 다리〉를 읽던 스무 살 여름, 처음으로 나는 파리를 꿈꾸었다. 인생의 덧없음을 노래한 그 아름다운 시를 읽으며 나는 서른 살이 되기 전에 누구의 도움도 받지 않고 오직 나 혼자의 힘으로 파리에 가겠노라고 다짐했고, 마침내 첫 소설집을 내고 제일 먼저 파리행 비행기 티켓을 예약했다.

그때 파리에서 나는 무엇을 보았던가. 그래서 〈미라보 다리〉에 이르렀던가. 그 노래, "미라보 다리 아래 센 강은 흐르고, 우리의 사랑도 흘러간다"의 세계에 정녕 도달했던가. 서른 살이 채 되지 않았던 나는 '미라보 다리' 아래 센 강의 물결을 유심히 들여다보며, "그러나 괴로움에 이어서 오는 기쁨을 나는 기억하고 있나니"의 깊은 뜻을 터득한 양 고개를 끄덕였지만, 그러나 그 노래 저변에 흐르는 생의 처연함을 깨닫기에는 돌아와 더 많은 시간을 보내야 했다. 그때 나는 그 노래, "밤이여 오라 종이여 울려라 세월은 흐르고 나는 여기에 머문다"의 세계를 아주 조금 감지했을 뿐이었다. 그러나 그때 파리, 미라보 다리 아래 흘러가는 센 강의 물결을 바라보며 음미했던 그 가락은 시간이 갈수록 폐부를 찌르는 날카로운 바람이 되고, 숨쉬기 괴로운 불온한 공기가 되어 수시로 내 영혼을 파리로 이끌었다.

나는 매년 여름이 시작될 무렵이면 책상 한편에 파리행 비행기 티켓을 영혼의 양식인 양 마련해놓고 나서야 비로소 새벽까지 소설을 쓸 수 있었고, 벼락과도 같은 짧고도 깊은 잠을 잘 수 있었다. 그러기를 15년, 이제는 어느 정도 파리에 초연해질 법도 한데, 누군가 숨결처럼 나지막이 파리라는 말을 흘리기만 해도 내 귀는 번쩍 뜨여 이내 파리로 치닫는 것이다. 그리하여 다시 나도 모르게 '아, 파리!' 하고, 떨리는 가슴을 진정시켜야 하는 것이다. 이쯤 되면, 파리를 향한 지독한 동경, 중독이 아니고 무엇이랴. 그러나 나는 몇 년 전 《인생의 사용》이라는 파리 기행서를 내면서, 한번도 파리를 동경한 적이 없다고 시치미를 뚝 떼고 말았다. 파리는 나에게 어머니의 품처럼 생의 막다른 지점에서 달려가는 구원처이자 위안처. 그것은 동경보다 윗자리에 있는 세계인 것이다.

파리가 언제라도 달려가 안기고 싶은 어머니의 품처럼 나에게 구원처이자 위안처이듯 저마다의 파리가 있다. 내가 좋아하는 파리는 흔히들 말하는 패션의 도시, 예술의 도시로서가 아니다. 내가 좋아하는 파리는 다만 오래된 길, 오래된 벽, 오래된 집과 광장, 그리하여 오래된 세상, 오랜 세월 돌과 이끼의 자연이 된 도시, 인공이되 가장 숨쉬기 좋은 낙원이다. 한 세기쯤 뒤로 물러나 온종일 두 발로 포석을 두드리며 이 거리에서 저 거리로, 이 언덕에서 저 언덕으로 만보漫步하기 좋은 곳이다. 그러다 문득 시를 만나고, 작가를 만나고, 그리고 그 작가의 길에 서서 하늘을 올려다보고, 그리고 그 작가가 앉았던 카페에 앉아 그 작가의 책 몇 줄을 읽는 것. 내가 죽도록 파리를 꿈꾸는 이유는 바로 거기에 있다.

파리가 시작된 시테 섬의 노트르담 광장가에 앉아 웅장한 고딕식 첨탑을 올려다보다가 해가 움직이는 방향을 따라 천천히 강의 왼쪽으로 발길을 옮겨 카르티에 라탱으로 간다. 그곳에는 M의 아파트, 그러니까 파리의 내 거처가 마련되어 있다. 리네 거리 11번지가 내 거처이고, 그 옆 13번지는 현대 프랑스 문학을 대표하는 새로운 경향의 소설가 조르주 페렉(《인생 사용법》의 작가)이 살던 아파트다. 아침저녁으로 집을 드나들면서 나는 제라늄 붉은 꽃화분이 놓여 있는 창문들을 올려다보며 그를 생각하곤 한다. 파리에서 멀리, 혹은 가까이 하루 이틀 여행을 다녀온 저녁이면 팡테옹으로 통하는 언덕길을 걷는다. 무프타르 골목의 그리스식 단골 식당을 찾아가는 것이다. 파리에서도 서민적인 골목길로 유명한 무프타르 시장통을 걸으며 그 위 팡테옹에 묻힌 프랑스의 영웅들을 떠올린다. 샤를 드골, 에밀 졸라, 빅토르 위고, 그들은 몇 번이나 이 좁은 무프타르 시장통을 걸었을까.

모처럼 맑은 아침이면 팡테옹 언덕을 넘어 뤽상부르 공원까지 조깅을 한다. 그 기운에 강 건너 몽마르트르 언덕으로 내처 달려가는 날도 있다. 화가들의 광장, 테르트르 공원 모퉁이에서 사크레쾨르 대성당의 백색 돔을 올려다보며, 그 아래 거미줄처럼 얽힌 길들을 염탐하듯 힐끗힐끗 건너다본다. 오르샹 골목, 노르뱅 거리, 그 길 어디에 현실과 환상을 넘나드는 매혹적인 소설의 작가 마르셀 에메가 살았다. 에메는 누구보다 몽마르트르 언덕의 짧고 좁은 길들을 잘 알고 있었다. 그래서 어느 날엔가는 《벽으로 드나드는 남자》라는 기발한 소설에 그 골목들을 등장시켰다. 몽마르트르와 에메를 기리는 사람들은 그들 거리 하나를 마르셀 에메 광장이라 명명하고, 벽을 막 통과하는 에메 상像을 세웠다.

에메를 뒤로 하고 사크레쾨르 대성당 앞 계단으로 내려서서 파리 전역을 살펴본다. 그렇게 몽마르트르 언덕에 올라 가슴을 활짝 펴고 파리를 내려다보면 노트르담과 몽파르나스 타워와 에펠탑이 방향타 구실을 한다. 6층으로 제한된 파리의 아파트들을 몇 개의 구역으로 나누는 가로수가 심어진 대로들이 눈에 띈다. 노트르담에서 시작해서 센 강을 따라 오른쪽으로 시선을 따라간다. 파리에서 가장 푸르고 넓은 거리, 바로 상제리제 대로다. 대로 끝에 개선문이 보인다. 거기에서 시선을 더 과감하게 쭉 뻗어본다. 보랏빛 하늘 아래 라데팡스(신도시)의 상징물, 그랑드 아르슈(신개선문)가 시원하게 눈에 들어온다. 사각의 대형 아치. 뻥 뚫린 가운데로 상제리제의 개선문이 하나인 양 딱 들어맞는다고 한다. 노트르담과 개선문과 그랑드 아르슈를 잇는 직선이 파리의 중심축이다. 빅토르 위고는 개선문을 중심으로 열두 개 별모양을 이루며 방사상으로 뻗어나간 거리 중의 하나인 빅토르 위고 대로 124번지에서 숨을 거두었다. 그리고 나폴레옹이 그러했듯 그의 시신은 개선문을 통과해 팡테옹에 묻혔다.

빅토르 위고 대로에서 멀지 않은 곳에 발자크가 살았었다. 발자크의 집이 있는 곳은 파리에서도 부촌으로 이름난 파시. 그러나 평생 빚쟁이에 시달렸던 발자크는 개구멍처럼 도피를 위한 후문을 마련해놓고 언제든 그곳을 통해 종적을 감춰야 했다. 발자크의 집은 비둘기 둥지 같다. 고요하고 아담하다. 그리고 정원이 일품이다. 신의 손이라 부르는 조각가 로댕이 마지막까지 고심한 것이 발자크 상이었다. 로댕의 발자크 상은 몽파르나스 지역의 라스파유 바벵 교차로 모퉁이에 서있다. 그의 정원에는 헷베르의 발자크 흉상이 서있다. 깊은 그늘 속, 장미 몇 떨기 피어 있는 정원을 거닐며 그의 소설《골짜기의 백합》을 음미해본다. 집안에는 발자크의 손이 많이 간 원고 뭉치가 진열되어 있다. 발자크의 속삭임이 들리는 듯하다. 라스파유 대로에 가서 로댕이 구현한 발자크를 직접 확인하고 싶다.

몽파르나스로 가기 위해 전철 6번선을 타고 센 강을 건너며 창밖으로 에펠탑을 바라본다. 혁명 100주년 기념 파리 만국박람회 기념물로, 때로는 파리의 철마담으로, 또 때로는 상냥한 철아가씨로 사랑받는 탑이다. 그러나 세계적인 단편 작가인 모파상은 지독히도 그 철아가씨를 혐오한 나머지 매일 그곳 2층 레스토랑에서 점심식사를 했다고 한다. 모파상의 〈진주 목걸이〉는 내가 두고두고 기리는 작품이다. 언젠가는 파리의 거리를 걸으며 〈진주 목걸이〉를 암송하리라 꿈꾸며 마침내 몽파르나스에 도착한다.

바뱅 교차로를 굽어보고 서있는 발자크 상의 묘미는 등 뒤에 설 때이다. 릴케는 로댕의 눈에 비친 발자크를 "당당하고 활개 걸음을 걷는 인물, 외투가 떨어지는 바람에 중량을 모두 잃어버린 모습"이라고 묘사해놓았다. "세찬 목덜미에는 머릿발이 꼿꼿하게 섰고, 머릿발 속으로 젖혀서 응시하는 홍분 속에서 창조의 거품을 일으키며 바라보고 있는 얼굴"이라는 것. 로댕의 발자크를 품에 안고 프랑스아카시아 가로수길을 걸어 몽파르나스 묘원에 든다. 그곳에 잠든 사르트르와 보브아르, 보들레르(《악의 꽃》)와 뒤라스(《연인》)를 찾아가는 것이다.

그들의 묘석 앞이나, 그 옆 나무 벤치에 앉아 그들의 시와 소설을 한 모금 단물처럼 들이마시고, 지적인 생제르맹 데프레 대로로 느릿느릿 걸어 카페 뒤마고의 노천 테이블에 자리를 잡고 앉는다. 맞은편 생제르맹 데프레 성당의 단아한 석탑을 올려다보며 시리도록 푸른 하늘 아래 퍼지는 시몬느 드 보브아르(《타인의 피》)와 사르트르(《존재와 무》)의 열띤 논쟁에 귀를 기울이고, 어스름 어둠이 내리는 저물 무렵 다시 카르티에 라텡으로, 내쳐 센 강까지 걸어 아폴리네르(《알코올》)와 자크 프레베르(《고엽》)의 노래에 빠져든다. 생베르나르 강둑이거나, 베르 갈랑 선착장이거나, 예술교에 앉아 흰 물결을 일으키며 지나가는 유람선에 손을 흔들며 파리를 스치고 지나간 이방인들, 헤밍웨이(《누구를 위하여 종은 울리나》)와 피츠제럴드(《위대한 개츠비》), 조이스(《율리시즈》)와 베케트(《고도를 기다리며》), 벤야민(《아케이드 프로젝트》)과 쿤데라(《참을 수 없는 존재의 가벼움》) 등 파리에서 한 시절을 보낸 이방인들을 하나하나 떠올려본다. 내가 매년 고향을 찾아가듯 파리를 꿈꾸는 것은 바로 그들, 파리에서 인생의 한때를 보내고, 아예 귀화해 영원히 묻힌 이방인들, 도처에 살아 숨쉬는 그들의 영상들, 그 흔적들을 나는 죽도록 사랑하기 때문이다.

나는 누구든 파리에 가려거든, 다만 스쳐 지나가는 여행이 아닌, 인생의 한때를 살아보는 것을 제안했었다. 그래서 내가 읽고 보고 겪은 파리, 나의 파리가 있듯이, 저마다의 파리를 창조하기를, 그리하여 인생의 한 시기를 파리에서 사용하기를 바란다.

비틀즈, 매직!

　　몇 해 전 여름, 영국의 대표적인 항구도시 리버풀에서 '비틀즈 투어'에 참가했다. 비틀즈 투어는 런던과 리버풀 두 곳에서 진행되는데, 리버풀에서는 20세기 대중문화의 신화, 존·폴·조지·링고라는 네 명의 비틀즈 멤버의 태생지와 〈페니 레인〉, 〈스트로베리 필드〉 등 그들 초기 노래의 장소를 밟아보는 것, 그리고 런던에서는 매튜 거리의 캐번 클럽과 애플사 사옥 등 세계적인 스타가 된 네 명의 리버풀 악동들의 무대와 족적을 밟는 것이었다.

　　리버풀의 비틀즈 투어에 참가하기 전에 우선 리버풀을 알아야 한다. 영국이 자랑하는 많은 것들 중에 서너 가지가 이곳 리버풀에 있다. 우선 하나는 축구 팬들에게는 꿈의 구장으로 알려진 앤필드 축구경기장과 축구, 그리고 또 하나는 비틀즈. 나머지 둘은,

과거 산업혁명의 기적을 울렸던 증기 기관차의 시발역인 라임 스트리트 역과 대양 증기선의 출항지라는 것. 그리고 산업혁명과 더불어 대서양을 통해 해양 왕국 영국의 엄청난 무역량을 담당했던 머지사이드 선창에 다섯 개의 창고군群으로 이루어진 해양박물관·테이트 현대미술관·TV 스튜디오 등으로 복원된 앨버트 독. 일찍이 아메리칸 드림이 시작된 곳, 그리하여 오늘의 미국, 뉴욕의 청사진으로 여전히 '리버풀-뉴욕'의 플래카드가 앨버트 독 곳곳에 펄럭이고 있다.

리버풀의 비틀즈 투어는 앨버트 독에서 시작했다. 앨버트 독은 리버풀 항과 머지 강 옆, 붉은 벽돌의 직사각형 창고 건물 네 채가 물을 에워싸고 있는데, 제시 하틀리라는 리버풀 항구의 건축 엔지니어의 디자인에 따라 1780년부터 1860년까지 건설된 것이다. 선창가의 창고인 까닭에 동일한 형태의 단순한 건물들인데, 1900년 이후 독의 중요성이 미미해지면서 방치되기 시작해서 1972년에는 폐쇄의 길을 걷다가 1980년대에 새로이 복원되었다. 현재는 리버풀의 관광이 시작되는 곳으로 독 입구 첫번째 건물에는 머지사이드 해양박물관이 그 오른쪽에는 런던 테이트 갤러리 분관으로 현대 미술 컬렉션으로 유명한 테이트 리버풀이, 그리고 그 다음 건물에는 몇 해 전 나를 리버풀로 이끌었던 '비틀즈 스토리'가 있다.

비틀즈 스토리는 지하에 문을 열고 있는데, 네 명의 얼굴들을 앞세운 '새로운 매직 비틀즈 체험'이라는 아치형 간판 아래 계단을 밟고 내려가면 세계 각지에서 몰려온 비틀즈 팬들이 북적이고 있다. 지하 창고를 개조해서 만든 어두컴컴한 실내에 들어가면서 나올 때까지 나를 흥미롭게 사로잡은 것은 그곳에 모여든 사람이, 혈색 좋은 북구北歐의 백발에서부터 나와 동행한 이제 겨우 열두 살인 동양 사내아이 할 것 없이 그 음악에 가볍게 몸을 흔들고 있는 광경이었다. 비틀즈의 내력을 상세히 정리해놓은 비틀즈 스토리에 들어가려는 입장객들이나 비틀즈 관련 책자와 앨범 기념품들을 들여다보고 있는 사람들, 한 시간 후에 진행될 비틀즈 투어에 참가하려고 예매를 하려는 사람들 모두 비틀즈라는 이름으로 더할 수 없이 젊고, 행복한 얼굴들이었다. 그것은 일상 다음 단계의 종교, 그리고 종교 다음 단계의 예술을 하나로 이어주는 '비틀즈, 매직!'을 체험하는 순간이었다.

스톤헨지 가는 길

영국에서의 어느 아침, 런던에서 솔즈베리 행 열차를 타고 거석巨石 유적지 스톤헨지(Stone Henge)로 향했다. 솔즈베리는 런던에서 150킬로미터 떨어진 월트셔 주의 유서 깊은 소도시. 붉은 벽돌로 지어진 솔즈베리 역사를 빠져나오면 영국 초기 고딕 양식의 대표적인 건축물인 솔즈베리 대성당의 높은 첨탑이 눈에 들어온다. 당장이라도 첨탑을 향해 걸어가고 싶었지만, 그날의 목적지는 스톤헨지. 스톤헨지행 순환버스 시각표를 알아보는 것이 우선이었다. 버스는 한 시간 간격으로 역 광장 모퉁이에서 출발했다. 한 시 버스를 타기까지 40여 분이 주어졌다.

솔즈베리 첨탑 쪽으로 무작정 역 광장을 벗어나 완만한 호선형 길을 걸었다. 처음 가보는 길. 길을 따라 모로코 식당, 자전거포,

터키 식당, 장난감 가게, 인도 식당, 가발 가게, 고물상 등 한물간 상점들이 늘어서 있었다. 고물상 못 미쳐 작은 내가 흐르고, 청둥오리 가족이 나들이 가려는지 한창 몸단장을 하고 있었다. 청둥오리를 정점으로 냇가 양편에 지어진 소소하고 아름다운 집들을 보다가 그 옆 고물상으로 들어가보았다. 군데군데 흠집이 나있는 괘종시계, 뉘 집 벽에 오랜 세월 걸려 있었을 풍경화 그림, 해가 지지 않는 나라의 위력을 자랑하며 대양을 누볐을 범선 모형, 제 나라 자연의 풍광과 가족들의 초상과 삶을 담았을 흑백 리코 카메라……. 여행의 묘미 중의 하나는 목적지 주변부의 도시를 걸어보는 것. 그곳 사람들의 삶, 그러니까 가옥 구조와 길, 그 길의 상점들과 그 상점들이 팔고 있는 물건들을 슬쩍 들여다보는 것. 그리하여 그들의 삶의 역사와 일상의 속내를 묵묵히 더듬어보는 것.

솔즈베리 대성당으로 가는 도중에 뒤돌아 역으로 다시 걸었다. 그날의 목적지인 스톤헨지, 3천 년 전 세워진 초원의 거석 유적을 돌아보고 와서 12세기 대성당에 드는 것이 오히려 옳은 순서였다. 언제 모여들었는지 텅 비어 있던 버스 정차장에 여행자들이 3, 40미터 줄을 이루고 서있었다. 한 시 정각에 런던에서 보던 것과 동일한 이층버스가 역 광장으로 들어왔다. 버스는 솔즈베리를 벗어나 드넓은 평원의 길을 달렸다. 영국 출신 화가들의 풍경화에서 보던 나무들과 평원, 그리고 하늘의 구름이 눈에 들어왔다. 예술가들의 작품 감상을 할 때, 예컨대 문학이나 회화는 작품 속의 바로 그 하늘, 그 공기, 그 구름, 그 나무를 직접 보았을 때와 그렇지 않을 때 내용이나 깊이의 수용도가 확연히 달라진다.

우리가 파리의 센 강에 가보는 것은, 그리고 프로방스의 아를 르나 생레미에 가보는 것은, 아폴리네르의 시 〈미라보 다리〉나 영화 〈퐁네프의 연인〉들의 퐁네프 속으로, 또 반 고흐의 아를르, 그리고 생레미의 밀밭과 사이프러스 나무에게로 가고 싶은 욕망, 그러니까 작품과의 진정한 만남을 꿈꾸기 때문이다.

스톤헨지 가는 길, 드넓은 평원을 달리는 이층버스에 앉아 나는 정작 목적지를 잃어버렸다. 평원 위의 푸른 하늘, 그 아래 구름, 또 그 아래 언덕, 그 사이 나무들에 아주 홀려버렸다. 정신을 차려보니 푸르른 초원 위에 한 떼의 양들처럼 모여 서있는 거석들과 그 주위를 맴돌고 있는 한낱 콩알만한 여행자들이 눈에 들어왔다. 목적지는 매번 그렇게 문득 내 앞에 나타나는 것이었다, 대낮의 환각처럼……

내 인생의 의자

　여기, 낸시와 켄의 의자가 있다. 낸시와 켄, 그들은 누구인가?
나는 그들을 만난 적이 없다. 그들을 만난 적이 없으며, 그들의 사
진을 본 적도, 그들에 대해 누구로부터 들은 바도 없다. 그러니까
나는 그들을 모른다. 그러나 몇 해 전 여름 이후 나는 그들을 자주
생각한다. 마치 내 인생의 어느 시기를 함께 살아온 가족이나 친
구, 지인처럼 그들을 가깝게 느끼는 것이다. 그러니까 어느 순간
나는 그들을 잘 아는 것처럼 여겨지기도 한다. 아니, 나는 그들을
안다. 그들의 한때, 그들이 그들의 인생 중 행복한 시절을 보낸 곳
을 안다. 그들이 그곳에서 어떻게 시간을 보냈는지 그들의 표정을
나는 안다. 그러고 보니 나는 그들을 진정 잘 아는 것이 아닌가.
낸시와 켄, 그들은 도대체 누구인가?

나는 낸시와 켄을 몇 해 전 여름 여행중에 만났다. 그래, 나는 그들을 만났다. 영국 중부, 셰익스피어의 고향 마을인 스트렛퍼드 어폰 에이번에서였다. 백조들이 한가로이 유영하는 아름다운 에이번 강변, '옛 전차 길'이라는 이름의 소로에서였다. 나는 그 좁은 길로 문이 나있는 '세쿼이아 나무가 마당에 있는 집'에 머물렀었다. 아침저녁으로 그 소로로 나서서 산책을 하고 강 건너 셰익스피어 극장과 생가와 마을을 둘러보곤 했는데, 그 길목에서 그들, 낸시와 켄, 그들의 이름이 새겨진 의자, 정확히는 벤치를 발견했던 것이다. 2인용 벤치 등받이에는 이렇게 씌어 있었다.

낸시와 켄, 우리의 모든 행복했던 시절은 모두 여기에 있습니다.

나는 세쿼이아 나무가 마당가에 있는 집으로 들어가려던 발길을 돌려 소로 끝까지 걸어갔다. 일정하게 거리를 두고 놓여 있는 벤치들을 모두 보고 싶었던 것이다. '캐서린과 토마스', '버지니어와 리차드', '엠마와 조지' ……. 플라타너스 하늘 높이 우거진 소로는 끝이 보이지 않았고, 그들의 벤치는 계속되었다.

영국을 거쳐 아일랜드로 여행이 계속되는 동안 내 눈은 가는 곳마다 벤치, 벤치의 그들을 찾았다. 그러면서 자연스럽게 나 자신, 내 인생의 의자를 돌아보았다. 오래전부터 나는 유독 의자, 의자가 있는 풍경에 묘하게 마음이 끌렸었다. 처음 의자가 내 눈에 들어온 것은 도쿄의 신주쿠 공원에 놓여 있던 벤치였다. 신주쿠 공원의 유럽 정원은 알아주는 명소였고, 나는 모처럼 휴일 아침나

절을 공원에서 보내고 있었다. 영국식 정원으로 가던 길목이었던가, 프랑스식 정원으로 가던 길목이었던가. 내가 걸어가는 길에는 나 이외에 아무도 없었다. 오직 4월의 싱그러운 햇살과 간간이 지저귀는 새, 그리고 저만치 길가에 놓인 벤치, 그것이 전부였다. 이 방인인 나는 귓불을 스치며 지나가는 바람 한 줄기, 두 눈에 내리는 햇살 한줌, 귓전을 울리는 새소리에 온 감각을 내맡기며 느리게 걷고 있었다. 햇살로 인해 일시적으로 눈앞이 캄캄해지는 현휘眩輝 속에, 환각처럼 하나의 풍경이 펼쳐졌다. 바로 저만치 놓인 벤치, 텅 빈 벤치가 들려주는 무언의 이야기였다. 그것은 누군가의 삶, 아니 내 삶을 미리 담아 보여주는 노트와 같았다. 나는 어머니를 저만치 세워두고 영영 간직할 그 순간의 사진을 찍듯, 벤치를 찍어왔다. 그리고 그것은 내 청춘 시절의 풍경 중 가장 고요하게 빛나는 장면으로 남아 있다.

내가 만난 의자들, 스트렛퍼드 어폰 에이번의 낸시와 캔의 의자와 도쿄의 의자는 이제 추억으로 완성되는 내 인생의 일부가 되었다. 나는 낸시와 캔의 벤치를 보며 내 어머니와 내 아버지의 '그러지 못한 한때'를 아쉬워하기도 하고, 나와 내 남편의 '그러한, 그리고 영원히 그러할 한때'를 보기도 한다. 그 의자들, 그 존재 이유와 의미를 내게 가르쳐준 것은 누구, 무엇일까.

한국을 찾은 쿠바의 전설적인 부에나비스타소셜클럽의 쇼 뮤지컬 공연을 보면서 새삼 깨달았다. 빔 벤더스 감독의 〈부에나비스타소셜클럽〉이라는 뮤직 다큐멘터리 영화 덕분에 80대의 노장 트레스 기타연주자 꼼빠이 세군도와 가수 이브라임 페레르, 레이

날도 크레아흐 등의 정력적인 삶의 현장을 경험했다. 80대의 나이에도 사랑을 하고 아이를 낳고 싶다던 세군도, 그러나 그는 한국에 오지 못했다. 이브라임 페레르와 함께 저세상으로 가버린 것이다. 그들은 갔지만 그들의 친구 레이날도 크레아흐와 루발 카바(피아니스트), 그리고 마라 카이보(트레스 기타연주자)가 무대를 지켰다. 이제 바야흐로 부에나비스타소셜클럽은 그들이 떠난 자리를 대신한 새로운 세대의 연주자들과 그들의 여전한 친구들이 함께 하는 과도기에 들어선 것이다. 그러나 여기에서 내 눈길을 끈 것은, 처음부터 끝까지 무대 중앙에 놓여 있는 흔들리는 안락의자였다. 80대 후반의 레이날도 크레아흐는 두 곡의 노래를 부르지만, 퇴장하지 않고 그 의자에 앉아 공연의 끝을 맞았다. 막이 내리고 관객 모두가 기립 박수를 보냈다. 재즈, 삼바, 룸바, 살사가 혼합된 열대의 화려하고 열정적인 무대. 깊어가는 가을밤의 열기는 좀체는 가라앉지 않았다.

집으로 돌아오는 내내 무대를 떠나지 않았던 그 의자가 머릿속에서 지워지지 않았다. 그 의자의 의미는 공연의 열기를 초월하며 감싸 안는 그 무엇, 죽음 앞에 선 인간, 그 죽음 이전과 이후의 삶, 곧 희비극이 교차하는 인생, 그 자체였다.

하나의 의자에 인생이 담겨 있다. 현대 부조리극의 대가 외젠 이오네스코는 의자를 주인공으로 연극을 만들었는데, 〈의자들〉이 그것이다. 대본상의 연극의 주인공은 따로 있다. 95세의 노인과 94세의 노파다. 그러나 무대를 장악하는 것은 두 사람이 아니라 의자들이다. 두 노인은 빈 의자들을 보며 계속 이야기를 한다. 그러니까 이 의자들은 보이지 않는 사람들을 대신하여 인물의 역할을 하고 있는 것이나 마찬가지다. 이 연극은 '비극적 소극笑劇'이란 부제를 달고 있는데, 언뜻 모순적으로 들린다. '희극은 비극적이고, 인간의 비극은 우스꽝스럽다'는 그의 연극론에서 나온 말인데, 굳이 연극이 아니더라도 우리의 인생이란 고통과 슬픔, 절망과 불행 속에 한바탕 웃음, 황당하고 우스꽝스러운 코미디가 들어 있지 않은가.

가을도 절정, 붉게 물들었던 강산도 황금빛으로 물들었던 들녘도 그 화려했던 옷을 벗고 텅 빈 공간으로 겨울을 맞이할 것이다. 여행자는 발길을 멈추고, 지나가는 구름과 바람과 철새들만이 지난날의 황홀을 기억하며 얼어붙은 계절의 소식을 전할 것이다. 그러나 나는 들꽃도 초목도 풀벌레 소리마저 스러진 저 쇠락한 소로, 귓불을 때리는 찬바람 속을 걸어갈 것이다. 낸시와 캔의 의자, 세군도와 페레르의 의자를 추억하며, 그리하여 마침내 나의 의자, 내 인생의 의자를 꿈꾸며.

세쿼이아 나무가 있는 풍경

혹시, 세쿼이아 나무를 아시는가. 몇 년 동안 나는 호숫가에 두 줄로 늘어선 메타세쿼이아 나무들을 내려다보며 살았었다. 그리고 언젠가 영국의 셰익스피어 고향 마을인 스트렛퍼드 어폰 에이번에 갔다가 마당가에 175년 넘게 자라고 있다는 세쿼이아 나무의 이름을 딴 '세쿼이아호텔하우스'에서 하루의 여정을 풀었었다. 세쿼이아 나무는 무엇이고, 메타 세쿼이아 나무는 또 무엇인가?

내가 처음 이 나무의 이름을 알게 된 것은 10여 년 전. 평소 존경하는 노작가가 미국의 세쿼이아 국립공원에 다녀와서 보여준 사진 속에서였다. 그분의 말씀에 따르면 5백 년 된 세쿼이아 거목들이 드넓은 공원을 수놓고 있다고 했고, 그 안에 들어서면 수백

년 된 고목들의 신령스러움에 자신도 사뭇 영적인 기운을 느낀다고 했었다. 그날 이후 나는 세쿼이아 나무를 인상적으로 만나지는 못했지만, 한해 두해 흘러가는 세월의 연륜 속에 숲이거나 산이거나 고목의 신성스러움을 자주 느끼는 사람이 되었고, 급기야는 집과 가까운 공항로에서 하늘을 향해 곧게 치솟은 메타세쿼이아 나무를 발견하게 되었다.

세상에 존재하는 것이 다 눈에 들어올 수는 없다. 그러나 한번 눈에 들어온 것들은 평생 삶과 동반한다. 메타세쿼이아를 발견한 이후 나는 곳곳에서 그들과 조우했고, 그들을 마음에 심었다. 담양에서 순창 가는 길에는 13킬로나 이어지는 메타세쿼이아 가로수길이 유명하고, 일산 호수공원 곳곳에도 메타세쿼이아 군락이 있다. 메타세쿼이아 나무를 알기 전, 나는 시베리아와 바이칼 호숫가를 눈부시게 수놓고 있다는 백색 줄기의 자작나무와 백양나무, 은사시나무를 오랜 세월 흠모했었고, 일산 새도시로 이사와 자유로를 오가면서는 한강가 강물 따라 부드러이 출렁이며 울울히 서있는 버드나무 군락에 눈을 빼앗기곤 했었다. 그리고 그때 영국의 작은 마을에서, 내 마음의 또 한 그루의 나무, 세쿼이아를 만난 것이다.

혹 영국에 가거든, 그리하여 셰익스피어의 고향 마을 스트렛퍼드 어폰 에이번에 가거든, 무조건 에이번 강 옆 세쿼이아 나무가 마당가에 서있는 집을 찾아가라. 빅토리아풍의 고풍스런 가구에 빛이 잘 드는 수려한 정원, 무엇보다 175년 넘게 마당가를 지키고 있는 세쿼이아 나무를 만날 수가 있다. 세쿼이아호텔하우스의 주인인 에반스 씨의 고귀한 나눔의 손길을 만날 수가 있다. 내가 그곳 에이번 강가의 세쿼이아 나무를 오랫동안 잊지 못하는 이유가 바로 거기에 있다.

영국의 아름다운 미덕 중의 하나는 나눔, 넓게는 기부의 문화이다. 런던이나 리버풀이나 에든버러나 박물관, 미술관은 모두 무료입장, 뜻있는 사람은 얼마간의 기부금을 내면 된다. 세쿼이아 호텔하우스 역시 나눔의 철학에서 문을 열고 있는 듯하다. 유산으로 물려받은 훌륭한 자연과 저택과 정원을 세계 각지의 여행객들에게 문을 열어 저렴한 가격으로 나누는 것이다. 하루를 묵어도 그 집의 일원이 되어 정원을 산책하고, 그들의 식당에서 그들이 정성껏 차려낸 아침식사를 하고, 그들이 고이 보존해 내놓은 아름다운 방에서 편안한 휴식을 취하는 것이다. 스트렛퍼드 어폰 에이번을 떠나며 나는 셰익스피어 연극의 명대사보다 한 그루의 나무가 가져다준 소중한 인연을 다시 한번 되새겼다.

더블린, 기네스를 추억함

아일랜드의 수도 더블린에 가면 세계적으로 흑맥주 회사로 유명한 기네스 센터가 있다. 기네스 맥주는 1759년 아서 기네스라는 가난한 청년이 대부大父로부터 기부 받은 100파운드로 출발해 세계 최초의 글로벌 주류 그룹으로 번창시킨 성공 신화를 가지고 있다. 더블린 시내 세인트 제임스 게이트에 위치한 기네스 맥주 공장은 100파운드의 신화를 창조한 현장으로 건물 그대로를 보존해 박물관으로 문을 열고 있는데 나처럼 흑맥주 애호가는 말할 것도 없고, 맥주먹으로 아일랜드의 경제의 대부가 된 아서 기네스라는 인물에 흥미를 갖는 초등학생에 이르기까지 연 2백만 명의 관광객이 그곳을 찾는다.

기네스 공장 꼭대기 전망대에 올라가면 아일랜드 국가 상징인

세잎클로버 문양을 생맥주의 흰 거품으로 만들어준다. 찬 물방울이 송골송골 맺힌 검은 맥주잔을 건네받아 한 모금 마시면 간담이 서늘해지면서 카푸치노처럼 입가에 흰 거품을 남기며 검은 액체가 혀를 타고 목으로 넘어간다. 신선하고도 씁쓸하고 동시에 부드러운 기네스 특유의 맛을 무엇에 비유할까. 가난과 식민 지배로 점철된 슬픈 섬나라, 그러나 초원의 풀과 바람과 목동의 노래가 울려퍼지는 순수한 섬나라, 더블린이든 코크든 골웨이든 슬라이고든 저녁 불빛이 켜지는 펍에서는 구운 보리의 구수하고 씁쌀한 아이리시 흑맥주 향이 퍼지는 섬나라, 그들의 정겹고도 낙천적인 기질에 비할 수 있을까.

해마다 4월 중순경이면 가는 봄의 정취를 어쩌지 못해 홍대 앞 튤립나무가 마당가에 높다랗게 서있는 이탈리안 펍 마당을 찾아가곤 했다. 이탈리안 레스토랑 겸 펍이었지만 그즈음 그곳에 가면 크리미 헤드라 불리는 흰 거품이 넘칠 듯 잔을 감싸고 있는 차가운 기네스 맥주를 마실 수 있었다. 기네스의 진하고 씁쌀한 맛이 지천에 나부끼는 꽃향기와 어울려 봄밤의 애수를 덜어주곤 했으니, 어느 날엔가 내가 더블린에 간다면 그것은 두말할 것도 기네스 맥주 때문이라고 공언을 하곤 했었다.

검은 물의 도시라는 뜻을 가진 항구 도시 더블린, 그곳에서 검은 웅덩이 물처럼 진하면서 보리의 날카로운 가시털처럼 쌉쏘롬한 맛의 기네스 맥주가 출발하였다. 더블린에 가기 전부터 나는 이미 기네스를 사랑하였다. 홍대 앞, 마당가 튤립나무 아래에서 나는 몇 번이나 마지막 봄밤을 흘려보냈던가. 그러나 그 봄밤, 내

가 마신 것은 정말 기네스였을까. 더블린 기네스 타워 전망대에
올라 도심을 흐르는 리피 강을 내려다보며, 그 너머 갈매기 나는
부두의 허공을 가로지르며 비상하는 제트기의 흰 연기를 바라보
며 한 가지 사실을 깨달았다. 지난날 내가 간직한 기네스의 추억
은 봄밤의 취기, 아쉬움의 헌사의 다름 아니었다는 것을. 그것은
진정 기네스가 아니었음을.

　8백년간 영국의 지배를 받아온 한 많은 아일랜드, 배고픔을 견
디지 못해 국민의 1/3이 떠나야 했던 참혹한 아일랜드, 유럽에 속
하면서도 '흰 검둥이'의 나라로 불렸던 서글픈 아일랜드. 그러나
이제는 아무도 슬퍼하지 않으며 아무도 멸시하지 않으며 아무도
떠나지 않는다. 기네스 타워에 올라서서 흰 거품의 검은 생맥주를
받아든 사람이라면 누구도!

시원始原의 저편

    며칠 후면 아일랜드로 떠나는 시인이 내게 물었다. 아일랜드 여행 중 가장 인상적인 곳은 어디인가? 그가 올 여름 아일랜드 여행을 감행하게 된 것은 당연히 두 차례에 걸쳐 아일랜드에 다녀오면서 보낸 나의 편지에서 비롯된 것이었다. 그러나 시인은 이미 오래전부터 아일랜드의 벤불벤 산을 마음에 품고 있었다. 나에게 벤불벤 산은 산이라기보다 차라리 기이한 형태의 오름을 연상시켰다. 몇 해 전 시인은 제주 오름의 미학을 사진에세이로 소개한 바 있었고, 그 중의 한 컷은 내 서가에 모셔져 있었다.

    시인이 꿈꾸는 벤불벤 산은 아일랜드 북서쪽 끝의 대서양과 럭길 호수 사이에 위치한, 조가비강이라는 뜻의 아름다운 항구 슬라이고 근처에 솟아 있었다. 대서양 연안 저지대에서 시작되는 다트

리 산맥의 최고봉이 벤불벤이었고, 주변의 초원은 온통 이탄지泥
炭地에 돋아난 거친 목초지로 덮여 있었다. 산맥의 끝, 그러니까
벤불벤 산의 한 면은 웅장하게 깎아지른 벼랑인데, 언뜻 대서양의
맹렬한 파도가 몸을 일으킨 형상이었다. 앞에서, 뒤에서, 또 옆에
서 멀리 산을 바라보며 아일랜드의 민족시인 예이츠가 잠들어 있
는 드럼클리프의 작은 교회에 이르던 여정을 새삼 떠올리자니 제
주 오름의 능선들이 오버랩되어 눈앞에 펼쳐졌다. 여행이 추억이
되고, 추억이 서정의 날개를 다는 순간이었다.

그러나 나는 가장 인상적인 여름의 여행지로 벤불벤 산을 꼽지
않았다. 그저 시인에게 벤불벤 산에 한번 올라가보시라고만 권했
다. 그리고 영국 남부의 선사시대 유적지 스톤헨지를 말했다. 스
톤헨지는 런던에서 남서쪽으로 150킬로미터 떨어진 유서 깊은 소
도시 솔즈베리 평원에 있는 신비로운 석조물이다. 나는 그곳에 가
기 위해 짧은 런던 체류 일정 중에 하루를 기꺼이 할애했고, 그리
고 그것은 영원의 하루가 되었다.

여행이란 일상을 잠시 떠나는 것이다. 그것을 문학적으로, 그
러니까 시인의 언어를 빌어 표현하면 "나는 내 영혼(soul)을 만나
러 간다"가 된다. 세계 7대 불가사의 중의 하나인 스톤헨지란 어
떻게 보면 거대한 평원 위에 서있는 한갓 돌덩어리들에 불과하다.
그러나 나는 그곳에 가기 위해 몇 년 몇 달을 꿈꾸었고, 그리고 마
침내 그곳에 닿았다. 그러나 그곳에 머문 것은 고작 한 시간여. 만
약 그곳이 풀들 잔잔히 퍼진 푸르른 평원이 아니고 런던이나 파리
의 박물관이나 거리였다면 나는 아마 채 몇 분도 머물지 않았을

것이다. 목적지란 그런 것이다. 내가 매년 이 맘 때면 하루하루 설렘 속에 잠드는 것은 바로 그 목적지를 꿈꾸어온 세월, 그 목적지에 이르는 길, 그 여정을 사랑하기 때문이다. 여름에 내가 찾아간 스톤헨지는 나에게는 경주의 황룡사지터에 이르는 또 다른 길이었다. 나는 제주 오름을 노래한 시인이 머나먼 아일랜드의 벤불벤 산을 꿈꾸듯, '한때 거기 있었다'는 표석 이외에 하찮은 풀들과 허공과 그 허공을 자유롭게 나는 작은 새들의 공간인 폐사지廢寺地를 가슴에 품고 스톤헨지로 향한 것이었다.

벤불벤이든 스톤헨지든 몇 년 며칠을 꿈꾸다 떠났지만, 누가 나에게 그곳에 대해 자세히 말해보라 한다면 나는 시인에게처럼 달리 해줄 말이 없다. 내가 그곳에서 본 것은, 그리고 그곳에서 담아온 것은 초원의 풀들과 그 풀들 속에 반짝이는 이름 모를 들꽃들과 그 위를 나는 새들의 낭창한 노랫소리, 또는 바람소리가 전부이기 때문이다. 빈 들판, 빈 허공에 들었을 때 비로소 내가 얼마나 무겁고 복잡하게 살아왔는가 깨닫는다. 비우고 돌아올 수 있는 곳을 내가 최고의 여행지로 꼽는 이유가 거기에 있다. 거기, 시원의 저편에서 찰나적으로나마 내 영혼과 만나기 때문이다.

에든버러 무지개

무지개의 시인 워즈워드의 레이크 디스트릭트를 지나 스코틀랜드의 수도 에든버러로 왔다. 유럽에서 가장 아름다운 도시 중의 하나인 에든버러는 한여름 축제가 한창이다. 북부의 아테네라 불리는 예술 도시 에든버러가 있는 스코틀랜드는 어떤 곳인가. 남극에 처음으로 깃발을 꽂았던 월트 스코트를 키운 자연답게 스코틀랜드는 거칠고도 도전적인 힘을 자랑한다.

도시는 사화산의 화강암부에 우뚝 세워져 있는 성을 중심으로 12세기에서부터 20세기에 이르는 건축물들로 이루어져 있는데, 일반적인 성의 역할이 그러하듯 이 성 역시 요새에서 왕궁, 군사적 방어 요새에서 정부 감옥으로 변천의 역사를 거듭해왔다. 언덕에서 성에 이르는 네 개의 연속된 옛 도로를 일컬어 로열 마일이라 부르는데, 화강암 돌이 깔린 이 길에서 시작되어 성 아래 내셔 널 갤러리의 드넓은 앞마당에 이르기까지 8월 초부터 3주 동안 이 시대 최고의 연극과 댄스, 오페라와 거리 퍼포먼스가 곳곳에서 벌 어진다.

성으로 이르는 로열 마일을 따라 좌우로 66개의 골목길이 나타 났다 물러나곤 하는데, 크고 작은 길과 계단 언덕길은 세계에서 몰려든 이방인들로 발디딜 틈이 없을 정도다. 수많은 볼거리 중에 압권은 성의 공터에서 열리는 밀리터리 타투라 불리는 야간 분열 식이다. 성에 어둠이 내리기 시작하는 저녁 여덟 시 무렵부터 로 열 마일은 물론이고 그곳으로 이르는 길과 골목과 바, 레스토랑은 이 스코틀랜드 보병대의 백파이프 분열식을 구경하기 위한 관객 들로 가득 차는데, 입장을 기다리는 이 거대한 인파의 대부분이 중년을 넘긴 부부와 가족들이고 초로의 부부들도 꽤 많다. 그들의 얼굴을 보면 무엇인가 굉장한 것이 벌어질 것처럼, 아니 평생 그 한순간을 위해 스코틀랜드의 어느 시골, 어느 어촌을 떠나온 것처 럼 행복한 표정들이다.

오래전 남프랑스 아비뇽 세계 연극제 때 며칠 머문 적이 있었 다. 언덕 위의 교황청을 중심으로 도시 곳곳에서 공연이 벌어지 고, 관객이나 공연자나 한마음으로 축제를 즐겼다. 북해 바람이 언덕 위로 불어오는 이곳 에든버러 역시 사방이 공연장이다. 밤 아홉 시면 성의 공터에서 밀리터리 타투의 개시를 알리는 축포가 터지고 성 아래 도시는 축포의 여운을 자랑으로 여기며 늦은 저녁 을 먹기도 하고 이른 잠자리에 들기도 한다. 세월의 검은 분진이

앉은 중세의 탑과 골목과 계단들을 들고 나다보면 해리포터의 마을에 온 듯한 으스스한 착각이 들기도 하고, 성에 올라 성 밖으로 낮게 펴져 있는 주택가와 초원, 그리고 갈매기 나는 북해 쪽으로 향하면 구름 풍경을 생생하게 그렸던 영국 화가들의 풍경화를 바라보고 있는 듯한 야릇한 기분에 빠지기도 한다. 북해에서 불어오는 시원한 바람의 영향 탓인지 대기는 청정하고 흰 구름이 떠가는 파란 하늘은 맑다 못해 투명하다.

에든버러에서 나는 무엇을 보았는가. 부에노스아이레스에서 온 '탱고 파이어'도 밀리터리 타투도 아닌 흰 구름 흘러가는 투명한 파란 하늘 아래 숲처럼 검게 솟아 있는 중세의 탑들과 그 아래 골목을 누비는 중국인 여행객들이다. 10여 년 전 유럽의 작은 도시에서 마주쳤던 일본인 여행객들의 자리를 이제는 중국인들이 차지하고 있었다. 10여년 전처럼 이끼 낀 골목 계단을 밟으며 여전히 생각해본다. 한국인들은 다 어디로 간 것일까? 저기 구름 사이 파란 하늘에 무지개가 걸렸다.

암스테르담의 카뮈

　보름간의 영국-아일랜드 여행에서 돌아오는 길에 경유지인 암스테르담에서 하루 묵으면서 한나절 시간을 내어 시내를 돌아보았다. 암스테르담이란 어떤 곳인가. 실존주의 작가 알베르 카뮈의 소설《전락》의 무대이기도 하고, 남쪽 이탈리아의 수상 도시 베네치아에 비견되는 운하의 도시이기도 하고, 지리적으로 북쪽에 위치한 관계로 기차로 유럽을 여행하는 배낭여행족이 첫 행보를 내딛는 관문이기도 하다. 10여 년 전 파리 북역에서 처음으로 야간열차를 타고 밤새 달려간 곳이 이곳 암스테르담인데, 기차에서 내릴 무렵 차창 밖으로 밝아오던 어스름한 여명을 나는 어제의 장면인 양 지금도 잊지 않고 있다. 또한 나는 천 개의 다리 밑을 흐르는 운하와 그 운하 양편으로 즐비한 건축물들과 그 건축물들의 역사와 파사드(건물의 정면)의 장식들, 예를 들면, 지붕과 창문과 정문의 크기와 모양에 관한 강렬한 기억을 가지고 있는데, 이번에 빠듯한 일정 가운데에도 암스테르담에서의 하루를 끼워넣은 것은 그때 아로새겨졌던 인상을 세월과 함께 다시 펼쳐보고 싶어서였고, 그리고 무엇보다 스무 살 어름 알 수 없는 전율에 휩싸이게 했던 《전락》의 안개 자욱한 운하의 표정을 돌아보기 위해서였다.

여행의 끝에 도달한 사람의 심정을 아는가. 오늘 아침의 일을 돌아보기에는 머리가 가득 차 있고, 열흘 전, 한 달 전의 아침을 돌아보기에는 채워진 내용들이 아직 자리를 잡지 못한 상태. 그러나 생의 끝에 도달한 사람의 심정을 또한 아는가. 파리에서 변호사 생활을 하던 클레망스가 흘러들어와 안개 자욱한 운하의 술집에 앉아 위선과 기만으로 살아온 일생을 '돌아보며 고백'하는 내용이 소설 《전락》이다. 카뮈와 함께 부조리 문학을 표방했던 실존주의 철학자이자 문학가인 장 폴 사르트르에게 카뮈의 어떤 작품을 가장 좋아하느냐고 질문하자 내놓은 대답이 《전락》이다. 파리에 체류중인 내가 처음 야간열차에 타고 암스테르담으로 달려갈 생각을 한 것은 풍차도 튤립도 아닌 문제의 《전락》, 바로 사르트르의 대답이 결정적인 역할을 했다. '물에 빠진 한 여인'을 구하지 못했다는 죄책감에 시달리는, 파리의 성공한 변호사 클레망스. 그가 앉은 술집을 감싸며 도는 운하, 바의 자욱한 담배 연기, 명멸하는 과거의 과오들…….

소설, 아니 문학이 위대한 것은 '돌아보는 것'에 있다. 그래서 혹자는 소설이란 무엇인가라고 물으면 '기억을 또 한번 기억하기'라고 대답하기도 한다. 돌아본다는 것은 반성을 바탕으로 한다. 카뮈는 반항하는 인간, 부조리의 인간을 문학으로 고발했는데, 그리고 그 반항과 부조리와 고발에 반하여 10여 년 이상, 아니 그를 안 이후로 지금껏 그에게 이끌려 살아왔는데, 여정의 끝, 암스테르담의 운하에 도달해 다시 생각해보니, 그것은 반항도 부조리도 고발도 껴안는 반성, 나약한 인간의 위대한 능력이었다. '전락'이라 번역된 이 소설의 원제는 'La chute', '추락'이라는 뜻이다. 이문열의 소설 '추락하는 것은 날개가 있다'라는 소설의 제목에 들어 있는 바로 그 추락, 이카루스가 허공을 역류해 땅으로 치닫던 바로 그 '추락'이다. 암스테르담의 수많은 물길은 모두 중앙역으로 모인다. 물결 흔들리는 운하에서 벗어나 중앙역의 붉은 돔을 바라보며 '전락'과 '추락'의 아주 미묘한 간극을 되새겨보았다.

11월을 떠나보내며

  11월, 더블린에 다녀왔다. 3개월 만에 다시 간 것이었다. 11월
의 더블린행은 예정에 없었다. 직항 노선이 없어 런던이나 파리를
경유해 갈 수 있는 머나먼 곳이 더블린이건만, 나는 그곳에 단지
사흘간만 머물렀다. 런던에서 잠시 내렸다가 아일랜드 국적기로
갈아타고 더블린 공항에 내리자 밖은 어두운 밤이었다. 유리문을
밀고 거리로 나가자 습하고 찬 공기가 옷 속으로 와락 파고들었
다. 옷깃을 여미며 혹 지독한 감기에나 걸리면 어쩌나 하는 두려
운 마음이 고개를 들었다. 그 두려움은 한국을 떠나면서부터, 아
니 몇 년 전부터 더블린을 꿈꾸면서 가지고 있었던 것이었다. 겨
울에 더블린에 가면 어떤 몹쓸 병, 마치 토마스 만이 〈베네치아에
서의 죽음〉에서 고온의 습하고 불온한 바람이 부는 아드리아 해

의 베네치아를 묘사한 것처럼, 그래서 이미 확고한 명성을 누리고 있는, 그러나 이제는 황혼기에 접어든 50세의 작가 아셴 바흐가 어쩌다 베네치아로 여름 한철 휴양을 떠났다가 해변에서 열다섯 살의 소년 타치오를 보고 페스트와 같은 치명적인 열병인 에로스에 사로잡히는 그 소설처럼, 아이리시 해의 더블린도 나에게 그와 같은 무서운 열기를 안겨줄 것만 같았다. 더블린을 조금 아는 사람은 나에게 가더라도 겨울에는 가지 말라고, 나처럼 추위는 물론 외로움을 잘 타는 사람에게는, 그래서 정서적으로 내성이 강하지 못한 사람에게는 잿빛 하늘의 음울한 습기에 미쳐버릴지도 모른다고 충고해주기도 했다. 그러나 나는 11월 더블린에 가야 했고, 조각 시간을 겨우 짜 맞춰 그곳으로 향했다. 그리고 그곳에서 꿈같은 사흘을 보냈다.

11월의 더블린. 언젠가부터 나에게 11월이란 시공간은 특별한 의미가 있었다. 몇 년 전 한스 에리히 노삭의 소설 《늦어도 십일월에는》을 읽기 전에 11월은 보들레르의 《파리의 우울》로 통했다. 《파리의 우울》은 《악의 꽃》으로 유명한 보들레르의 산문시집이다. 제목이 우울로 번역이 되었으나, 원래는 'spleen', 음울陰鬱이다. 파리의 11월은 이미 초겨울, 무너져내릴 듯 잔뜩 습기를 머금은 잿빛 하늘로 유명하다. 보들레르는 이때의 파리 풍경을 《악의 꽃》의 한 부분으로 삼았고, 여기에서 나온 정서적 계절 감각이 보들레르적인 우울, 그러니까 내 식으로 말하자면 음울이다. 보들레르를 알고 난 뒤, 정확히는 spleen이라는 단어와 11월의 파리 하늘을 알게 된 뒤부터 음울은 나에게 11월의 상징이 되었다. 의

식적으로 겨울의 더블린을 피하면서, 그러나 11월의 더블린을 상상하면서 나는 파리의 11월, 그 우울, 아니 그 음울을 생각하곤 했다.

더블린 공항에 내렸을 때 폐부까지 찌르고 들어오던 섬나라 특유의 습한 공기는 날이 밝자 파란 하늘 아래 서리와 같은, 그러나 서리보다 엷은 흰 입자들로 응결되어 있었다. 눈을 뜨면 내리누를 듯 음산한 잿빛 하늘이 펼쳐져 있으리라는 내 예상은 빗나갔고, 사흘 내내 한국의 가을만큼이나 청명한 하늘이 계속되었다. 내 마음은 얼마나 간사한지 여름의 더블린보다 이 겨울, 11월의 더블린을 사랑한다고 고백하고 싶어졌다. 지레 잔뜩 가슴을 움츠리고 더블린에 내렸다가 오래전부터 젊어지고 살았던 음울의 기운마저 떨쳐버리고 비행기에 올랐다. 공항 휴게실에 비치된 삼성 텔레비전 화면에서는 내일부터 눈발이 날리는 무겁고 흐린 하늘을 예보하고 있었다. 핏빛으로 물든 리피 강의 물결을 가슴에 담고 나는 긴긴 하늘길 내내 깊은 잠에 빠져들었다. 내일은 또 내일의 태양이 뜨리라, 중얼거리며.

호퍼와 오스터의 뉴욕에 가다

　어느 날에는, 특히 뉴욕을 쓰려고 할 때에는, 첫 문장을, 폴 오스터식으로, 시작하기도 한다. "어느 날에는 삶이 있다." 그리고 예술이 있다. 여행도 예술인가? 스위스 출신의 에세이스트 알랭 드 보통은 《여행의 기술》로 슬쩍 예술을 비켜간다. 아니 확장, 변주한다.

　여기 하나의 창이 있다. 창밖은 푸른 하늘, 흰 구름이 흘러간다. 손을 내밀면, 구름을 잡을 수도 있을 것 같다. 그러나 이 창은 오직 밖을 내다보기 위해서만 만들어진 좁은 문이다. 오직 눈으로만, 흘러가는 구름과 노닐고 바람과 대화할 뿐이다. 그러다 저 아래, 구름 아래, 까마득하게 멀어진 세상을 내려다본다. 그곳엔 강이 있고, 강과 강 사이에 섬이 있고, 강과 강이 만나 이루는 만이 있고, 그리고 바다, 드넓은 바다가 있다. 푸른 바다 위로 흰 구름이 흘러간다.

저 강과 저 섬과 저 만과 저 바다를 나는 조금 안다. 어느 날에는 저 강을 건너고, 또 어느 날에는 저 섬에 가고, 또 어느 날에는 저 만과 바다를 온종일 바라보곤 했었다. 오래전, 어떤 이에게 저 강은 삶과 죽음의 샛길이었고, 저 섬은 황금의 문이었고, 저 만과 바다는 젖과 꿀이 흐르는 신세계의 상징이었다. 세월이 흘러, 만 미터 상공에 떠서 구름과 노닐고 바람과 대화하는 나에게 저 강과 저 섬과 저 만과 저 바다는 무엇인가. 단언컨대, 그것은 나에게 한 편의 그림(〈일요일 이른 아침〉, 에드워드 호퍼), 한 편의 영화(〈브루클린으로 가는 마지막 비상구〉, 올리 에델), 그리고 한 편의 소설(《뉴욕 삼부작》, 폴 오스터) 그 이상도 그 이하도 아니다. 저 강이 허드슨으로, 저 섬이 맨해튼으로, 저 만과 바다가 뉴욕으로 나에게 의미를 던지는 것은 오직 그것, 한 조각 구름 같은 변화로운 세상이, 또 그 위의 덧없는 인생이 한 편의 예술로 다가오는 순간이다. 그때 나는 폴 오스터가 《고독의 발명》이란 소설에서 "어느 날에는 삶이 있다"고 말한 것처럼, "어느 날에는 예술이 있다"고 말할 수 있는 것이다.

흘러가는 구름의 존재를 발견한 것이 19세기의 보들레르라면, 그리하여 구름과 노닐고 바람처럼 떠도는 이방인을 현대인이라 불렀다면, 구름을 관찰하기에 가장 좋은 창을 발견한 것은 21세기의 알랭 드 보통이다. 여기가 아닌 다른 곳으로 향할 때 우리가 잊어서는 안 되는 것이 비행기표와 여권만이 아니다. 거기에서 무엇을 볼 것인가와 함께, 거기에 누구와 함께 갈 것인가를 곰곰이 생각해야 한다.

지난번 뉴욕으로 향할 때 나는 두 명의 새로운 동반자를 구했다. 늘 함께 했던 보들레르와 알랭 드 보통 대신 폴 오스터와 에드워드 호퍼가 길동무가 되어주었다. 그렇다고 내가 이전의 동반자들을 완전히 배신한 것은 아니었다. 그들이야말로 새로운 동반자들을 나에게 소개시켜준 장본인들이다. 보들레르가 아니었으면 나는 알랭 드 보통을 그다지 흥미롭게 받아들이지 않았을 것이고, 알랭 드 보통이 아니었으면 에드워드 호퍼를 만나지 못했을 것이고, 또 에드워드 호퍼가 아니었으면 폴 오스터와 가까워지지 않았을 것이다. 그들은 뉴욕에서의 여름 내내 나와 공존하며, 나를 거리로, 광장으로, 등대로, 부두로 이끌었다. 그들과 함께 숨쉬면서 나는 '어느 날에는 삶이 있다'고 외치고, 또 '어느 날에는 예술이 있다'고 외쳤다.

에드워드 호퍼는 누구이고, 폴 오스터는 누구인가? 뉴욕, 그러니까 미국에 가려면 서울 한복판에 있는 미대사관에 가서 입국허가서, 곧 비자를 받아야 한다. 비자 발급 절차가 유난히 까다롭고 불쾌해서 안 가고 만다는 사람들이 적지 않지만, 그러나 어쩌겠는가. 그래도 갈 사람은 가야 해서, 비자 발급을 위한 기나긴 줄을 감수하고 비자과에 입성한다. 그때, 제일 먼저 눈에 띄는 것이 에드워드 호퍼의 그림 〈등대〉이다.

불쾌한 감정을 수십 번 억누르고, 비좁은 공간에 잡동사니처럼 떠밀려 수용된 서울 미대사관 비자과에서 에드워드 호퍼의 그림을 알아보는 사람은 많지 않을 것이다. 어쩌면 대부분의 사람들의 눈에 그 그림은 동네 이발소 그림 그 이상도 그 이하도 아닐 것이다. 그러나 넓은 비자과의 벽면에 건 그림이 호퍼의 〈등대〉라는 것, 그 이유를 생각해보면 사정은 달라진다. 티케팅만 하면 어디든 날아갈 수 있는 데가 아니고, 유독 목적지가 아메리카, 그것도 뉴욕이라면 비자과의 벽에 걸린 호퍼의 그림을 눈여겨볼 필요가 있다. 그때 그것은 한갓 그림이 아니고, 현재 미국이 표방하는 이념이고 정체성이다. 누군가, 뉴욕에 가는 사람이라면, 그가 비즈니스맨이든, 예술가든, 학생이든, 순수한 여행자든 처음 비자 발급부터 당혹스럽게 맞닥뜨리는 미국이라는 나라의 실체를 직시해야 하는 것은 당연지사다. 그런 다음에야 어느 날의 '그들의 삶'이 보이고, 그리고 또 어느 날의 '그들의 예술'이 보이는 것이다.

미대사관 비자과 벽에 걸린 〈등대〉 그림은 카피본이다. 원본은 뉴욕, 메트로폴리탄 미술관에 있다. 미국을 대표하는 사실주의 회화의 거장으로 불리는 호퍼의 그림은 메트로폴리탄과 뉴욕 현대 미술관(일명 모마), 그리고 휘트니 미국박물관에 집중적으로 소장되어 있다. 예술사에 파리를 따돌리고 현대 예술의 메카로 뉴욕을 등재시켜준 것이 바로 이들이다. 내가 파리, 그것도 루브르 박물관에 가고 또 가는 것은 17세기 화가 클로드 로랭의 그림과 마주하기 위해서이다. 마찬가지로 내가 뉴욕, 이들 세 미술관을 찾아간 것은, 20세기 미국적 장면을 구현한 에드워드 호퍼의 그림을 보기 위해서였다. 로랭이 당시 예술의 도시인 로마에 정착해

평생 고대 희랍의 황금시대를 쫓는 데 바쳤다면, 호퍼는 죽을 때까지 맨해튼의 고층 스튜디오를 떠나지 않으며 현대 미국과 미국인의 고독한 삶을 그려냈다.

알랭 드 보통은 여행은 기술이라 했지만, 또 보들레르는 여행자를 흘러가는 구름을 사랑하는 이방인이라 불렀지만, 나는 여행을 삶, 마찬가지로 예술이라고 말하겠다. 어느 날에는 삶이 있고, 그리고 예술이 있는 것. 오직 뉴욕에서 뉴욕과 뉴욕 사람만을 쓰는 작가 폴 오스터의 소설을 읽으며 그 여름의 뉴욕으로 날아간다. 저기, 푸른 하늘에 흰 구름이 흘러간다.

브라보, 노마드 라이프!

　나의 독서의 대부분은 초고속 열차 안에서 이루어진다. 시속 3백 킬로미터 내외로 서울과 부산을 달리는 KTX 비즈니스 테이블이 내 독서실인 것이다. 남편의 직장이 부산인 관계로 서울역에서 초고속 열차를 보다 쉽게 타기 위해 집을 아예 열차역 옆으로 옮기기도 했다. 서울에서 부산까지 왕복 시간은 두 시간 40분 내외. 오전 일곱 시 KTX를 타고 서울을 출발하면 부산에 도착해서 오전 일을 보고 범어사 근처나 해운대 바닷가에서 점심을 먹을 수 있다.

　가히 초고속 열차 인생이라고 할 수 있다. 21세기 첨단 사회 용어로 말하자면 '노마드족'의 전형인 셈이다. 초고속 열차 안에서 독서 행위를 하는 것은 물론이고, 노트북으로 짧은 원고를 쓰고,

휴대폰 문자 메시지로 소통을 하는 나와 같은 유형은 노마드족에서 더 세분되어 '유비-노마드(Ubi nomad)족' 이라는 이름을 얻고 있는데, 최첨단 디지털 정보통신장비를 자유자재로 이용하며 움직이는 족속을 가리킨다. 화폐(경제)와 철도(유동)의 단일화를 꾀한 유럽 연합이 출범하면서 유럽인들 사이에 퍼진 유로(Euro)-노마드에서 한 단계 진전된 형태가 유비-노마드인 것이다.

노마드란 원래 몽고 초원을 바람처럼 달리다가 적당한 곳에 텐트를 치고 머물다 다시 바람처럼 떠나는 식의 유목생활을 뜻한다. 이 말은 프랑스의 철학자 질 들뢰즈에 의해 현대철학은 물론 사회학 용어로 자리잡았는데, 자본주의의 분열증을 해부한 〈천 개의 고원〉이라는 방대한 연구서를 통해 그는 노마드란 '시각이 돌아다니는 세계' 라 규정하고 있다.

내가 디지털 노마드 또는 잡(job) 노마드로 불리는 21세기형 인간군의 일원으로 살아가게 된 것은 분초를 다투는, 그래서 시간이 곧 자본인 직업 때문이 아니라, 순전히 열차를 즐기는 낭만적 성향 때문이다.

10여 년 전 유럽에 처음 갔을 때 국경선을 자유롭게 넘나드는 철도 여행에 충격을 받았었다. 프랑스가 자랑하는 초고속 열차 테제베에서부터 독일 이탈리아 스페인의 다양한 열차를 이용해 다양한 나라를 여행하게 되었고, 열차가 제공하는 여러 가지 것들, 열차 차창에 스치고 지나가는 순간순간의 풍경, 어두워지고 밝아지는 하루 빛의 흐름, 그 속에서의 휴식과 독서와 자유를 즐기게 되었다. 그러다가 열차가 여행의 목적이자 의미가 되는 단계에까지 이르게 되었다.

　여행을 떠났다가 열차라는 움직이는 놀라운 세계를 발견했다. 그리고 이제는 내 두 다리나 자전거, 자동차와 마찬가지로 열차는 내 삶에서 없어서는 안 되는 중요한 일상이 되었다. 열차는 서울과 부산이라는 두 삶을 가능하게 하는 것은 물론, 소설의 중요한 공간이 되기도 한다. 한국 근대 장편 소설의 선두에 있는 춘원 이광수의 《무정》 속의 인상적인 장면은 주인공인 이형식과 박영채, 김선형과 김병욱이 열차 칸에서 만나는 순간인데, 서울-부산 간 KTX에 몸을 실을 때마다 내 소설 속에서 다른 모습으로 그 순간이 피어나기를 기대하곤 한다.

리버풀 비틀즈 하우스(2005), ⓒ 함정임.

뜨거움에 관하여

감탄하는 것도 능력이다. 반응하고, 표현하는 것도 능력이다. 우리는 반응하고, 표현하지 않는 것이 아니라 못하는 것일지도 모른다. 무대를 향해, 아니 세상을 향해, 브라보! 하고 외치는 일이 어쩌면 그동안의 삶을 뒤집는 일만큼이나 힘든 일일지도 모른다.

금지 혹은 등록 거부의 노래들

　　그때 막내오빠에게서는 낯선 냄새, 이방의 냄새가 났었다. 이
방의 낯선 냄새는 낡고 헌, 네모난 것들에서 나오고 있었다. 그것
들은 하루하루 오빠의 방을 채웠고, 오빠는 좀처럼 그 방에서 밖
으로 나오지 않았다. 오빠가 학교가 아닌 다른 곳으로 외출을 하
고 온 날이면 오빠는 나를 오빠의 방으로 초대했다. 거기엔 한번
도 본 적 없이 새로운, 그러나 이미 낡은 사진들이 있었고, 한번
들으면 도무지 거부할 수 없는 낯선 소리들이 있었다. 그것은 놀
라운 꿈이되 기이한 세상이었다. 거기에서는 날개를 단 천사들이
검은 안식일을 기리며 행복하게 담배를 피우고(블랙 사바스,
〈Heaven and hell〉), 지붕 아래에서의 은밀한 사랑을 꿈꾸지 못하
는 문밖의 어린 청춘들이 떠오르는 해를 기다리며 끝(도어스,

〈The end〉)을 노래하고 있었다.

　낡고, 낯선 것, 그러나 매혹적인 것을 사랑했던 막내오빠의 나이 그때 열일곱 살에서 스무 살. 시인 유하식으로 말하면, 그는 '이러지도 저러지도 못하는 지독한 마음의 열병'(〈세운상가 키드의 생애〉)을 앓는, 그래서 '모든 금지된 것들을 열망하며' '흠집 많은 중고 제품들의 거리'를 서성이는 전형적인 세운상가 키드였다. 나는 그보다 두 살 아래, 그를 장악한 마음의 열병이 여중생에서 여고생이 되어가던 나에게 고스란히 전이되었다. 레드 제플린의 〈스테어 웨이 투 헤븐〉을 들으며 최초의 눈물을 흘렸고, 이후셀 수 없이 많은 뜨거운 눈물이 내 가슴과 눈동자를 적시고 지나갔다. 오빠가 청계천 7가에서 8가, 일명 황학동 벼룩시장과 종로 세운상가 다리 위를 전전하고 온 날이면 나는 학교 가방을 내던지고 오빠의 방으로 뛰어들어가 언제까지고 나올 생각을 하지 않았다. 그날 오빠가 구해온 대부분의 보물들이 그 시대의 '금지된 것들' 혹은 '등록을 거부한 해적판'들이라는 것을 그때 나는 알지 못했다. 그러나 그것들과 그것들을 감싸고 있는 금기의 세계야말로 나를 전율시킨 최초의 시, 최초의 예술이었다.

　오빠로부터 진추하를 알고, 로이 부케넌을 알고, 짐 모리슨을 알았지만, 정작 나는 대학생이 되도록 세운상가에 가본 적이 없었다. 오빠가 묻혀오는 그 거리의 알싸한 냄새와 진풍경을 언젠가 오빠 따라 가보리라 마음먹었지만, 오빠가 대학에 들어가서부터 사정이 바뀌었다. 신촌에 있는 대학의 신문방송학과에 들어간 오빠가 아예 방에다 작은 방송국을 차려놓은 것이었다. 두 대의 턴

테이블과 믹싱기를 갖춰놓고, 희귀 앨범, 금지곡에 목말라 있던 청춘들을 위해 자선사업을 시작했기 때문이다. 바야흐로 80년대 초 막내오빠의 테이프 녹음곡 시대가 열린 것이었다.

그즈음 나에게도 새로운 세계가 도래했는데, 사관생도였던 큰 오빠가 미국으로 원양 실습을 갔다가 '도시바'라는 일제 워크맨을 선물로 사다준 것이었다. '흠집 많은 중고 제품들의 거리', 그렇기 때문에 '한없는 위안'이 되어주었던 세운상가는 가보지도 못하고 안녕. 내 영혼을 울리고 웃겼던 엘피 백판들 또한 90년대 시디를 만나면서 안녕을 고하고 말았다. 그때 산처럼 쌓였던 오빠의 테이프들은 다 어디로 간 것일까. 그날의 내 도시바 워크맨은……. 막내오빠의 방 한 벽에는 아직도 그때의 엘피들이 영원처럼 붙박혀 있다. 순정은 세월로도 막을 수 없는 생의 마지막 보루인가. 오늘도 나는 막내오빠의 순정을 위해 퀸의 〈보헤미안 랩소디〉를 듣는다. 엘피로!

황금의 문

영화가 시작되면, 돌조각을 입에 문 두 남자가 검은 화면 위로 불쑥 나타난다. 그러고는 주위를 두리번거린다. 스크린 속 그들은 여기가 어딘가 하고 두리번거리지만, 객석에 앉은 관람자는, 마치 그들이 어두운 객석을 두리번거리는 듯한, 바로 그곳의 사람들을 두리번거리는 듯한 연극적인 착각에 빠진다. 그들이 입에 문 돌조 각은 언뜻, 빵조각처럼 보인다. 그들이 딛고 선 곳은 날카로운 바 위투성이 황무지 언덕. 그들은 입에 돌조각을 문 채 뾰족한 돌에 서 돌로 건너지르며 달리고 또 달린다. 그들의 소원을 빌 성소聖 所를 찾아가는 길이다. 가무잡잡한 얼굴에 추레한 옷차림, 겁먹은 듯 어수룩한 표정에 반짝이는 검은 눈. 사무엘 베케트의 부조리극 〈고도를 기다리며〉의 유명한 두 비렁뱅이 에스트라공과 블라디미

르도 언뜻 뇌리에 스쳐간다. 그러나 베케트의 주인공들처럼 그들은 거기에서 기다리지 않는다. 그들은 마지막 돌무지 위에 엄청나게 큰 양파와 닭, 그리고 돈이 주렁주렁 매달린 나무가 찍힌 흑백사진을, 입에 물고 달려 왔던 돌조각과 함께 올려놓고 절을 한 뒤 부리나케 집으로 달려간다. 그들은 기다림이 목적이 아니다. 그들은 떠나야 한다. 흑백사진 속의 미지의 세계, 곧 아메리카, 뉴욕을 향해!

2006년 제11회 부산영화제에서 나에게 가장 인상적인 작품을 꼽는다면 단연 엠마누엘레 크리알레세 감독의 〈황금의 문(Golden Door)〉이다. 제목의 '황금의 문'이란 뉴욕항을 건너다보고 있는 엘리스 섬(Eillis Island)을 의미한다. 더 정확하게 말하면, 엘리스 섬의 미 이민국(현재는 이민박물관)에 도착한 이민자들이 통과해야 하는 마지막 문을 뜻한다. 이 영화는 그러니까 제목이 암시하고 있듯이 20세기 초 유럽에서 미지의 꿈을 안고 아메리카로 떠나는 사람들의 여정이 서사의 기본 골격이다. 이탈리아 남부 시칠리아 섬에서, 영국 서부 리버풀 항에서, 아일랜드 남부 코브 항에서 대서양을 건너 뉴욕을 향해 떠난 사람들, 그들의 후일담을 우리는 영화 〈타이타닉〉과 〈대부〉, 그리고 〈은총이 가득한 마리아〉 등을 통해 익히 알고 있다.

1913년, 시칠리아 농부들은 신세계로 떠난 사람들에게서 소식을 기다린다. 마침내 남아있는 가족들을 약속의 땅으로 인도해줄 낯선 미국인이 나타난다. 이제 그들이 할 일은 역사를 버리고, 신앙을 내

던지고, 새로운 국가에 충성을 맹세하는 것이다. 〈황금의 문〉은 버려진 과거와 변화하는 사람들, 새롭게 만들어지는 역사, 새롭게 태어나는 인간의 오디세이이다.

이것은 이 영화에 대한 공식 소개글이다. 제11회 부산영화제에 초청, 상영된 국내외 작품은 무려 245편. 위에 소개된 평범한 서사 라인으로는 그 많은 영화들 중 유독 이 영화를 보아야 하는 강렬함(메시지), 또는 새로움(기법)이 부족하다.

이 영화를 만든 엠마누엘레 크리알레세는 로마 태생으로 이탈리아에서 영화에 입문해 이후 뉴욕으로 진출한 감독이다. 그는 뉴욕의 이민 박물관에서 본 대이민 시대의 자료들을 보고 그 자료들 속의 주인공들인 유럽의 남루한 인생들에 감명을 받아 〈황금의 문〉을 만들게 되었다고 영화 후기로 고백하고 있는데, 이 영화가 영화제 기간 중 문제작으로 영화광들 사이에서 회자된 결정적인 이유는 '무엇'(이민사)에 대한 감독의 깊은 울림을 기조로 그 무엇을 '어떻게' 표현했는가에 있다.

처음 돌조각을 입에 문 남자들의 출현에서부터 신세계를 향해 떠나는 배의 3등칸 이민자들의 비참한 삶의 풍경을 관통해 마지막 우유 강(배부르고 윤택한 삶)을 헤엄치고 있는 사람들에 이르기까지 이 영화는 시각적으로나 내용적으로 경이로운 상징성을 제공한다. 소설이 아닌, 또 삶(일상)이 아닌, 굳이 영화를 통해 관객이 체험하고자 하는 것이 무엇인지 미지의 감독들은 알아야 한다. 바로 〈황금의 문〉에 열쇠가 있다.

저기 코뿔소가 지나간다

혹시 코뿔소를 아는가? 동남아시아와 아프리카 습지에서 무리지어 사는 이 코뿔소는 코끼리 다음으로 하마와 크기가 맞먹는 대형 육상동물로 코뼈나 전두골 위에 뿔이 하나 혹은 두 개가 나있는 것으로 유명하다. TV 〈동물의 왕국〉에서 간혹 모습이 보이기도 하는데, 정작 이 동물을 대중에게 알린 것은 20세기 초 루마니아 태생의 부조리극 작가 외젠 이오네스코다. 그의 연극 〈코뿔소〉는 인간-코뿔소들의 군상을 그린 부조리 풍자극으로 등장인물들은 사납고 그로테스크한 동물 마스크를 쓰고 있다. 루마니아인 아버지와 프랑스인 어머니 사이에서 태어난 그는 루마니아와 프랑스를 오가며 성장하면서 이중 국적자로서 이중 언어를 사용한 특이한 이력의 작가다. 젊은 시절 1, 2차 세계 대전과 나치를 경험하면서 비인간적인 전쟁과 폭력, 개인의 자유를 억압하는 제도와 권력, 광적인 이데올로기에 저항하는 글쓰기를 연극 언어로 시도했는데, 그의 〈대머리 여가수〉, 〈의자들〉, 〈수업〉 등의 작품들은 현대의 고전으로 세계 연극 무대로부터 지속적인 사랑받고 있다.

한 해의 마지막 날 지구상에 존재하는 그 많은 동물들, 그 많은 작품들 중에 왜 하필 나는 코뿔소, 이오네스코의 〈코뿔소〉를 생각하는가? 결코 아름답다고 할 수 없는, 아니 흉측해서 보는 순간 고개를 돌리게 만드는 동물이 코뿔소가 아닌가? 결코 그럴듯하다고 할 수 없는, 아니 끊임없이 놀란 가슴을 옥죄느라 감정 이입을 차단당하는 연극이 이오네스코의 〈코뿔소〉가 아닌가?

바다, 끝없이 펼쳐진 백사장, 야자나무 그늘 아래 파도가 출렁이고, 저 멀리 석양이 지고, 꿈의 파라다이스라 불리며 세계인들이 몰려든 남아시아. 거대한 해일이 덮쳐 삽시간에 아수라장으로 변해버린 낙원을 TV로 속수무책 지켜보며 무슨 꿈을 꿀 수 있는가? 아직도 사막에서는 전쟁의 불씨가 사그라들지 않았고, 남극에서는 제 나라 국기를 깃발로 꽂은 채 한 뙈기 얼음땅을 차지하려고 맹추위와 싸우며, 서울역 후미진 지하도에서는 노숙자들이 신문 한 조각에 하룻밤을 의지하기 위해 고개 숙인다. 그럼에도 불구하고, 인간은 아름답다, 그리하여 세상은 살 만하다고 나는 말해야 하는가?

매해 그러듯이 한 해의 마지막 날 오후, 석양을 향해 달려간다. 세상의 불행과 비참일랑 시간의 배낭에 찔러넣고 저무는 해를 따라 질주한다. 어떤 이는 새해 첫 일출을 향해 동해로 달려가는 사이 어떤 이는 이 해 마지막 일몰을 향해 서해로 달려가는 것이다. 동고동락한 한 해를 잘 보내는 것은 다가오는 한 해를 잘 맞이하는 것만큼이나 중요하다.

연극 〈코뿔소〉의 주인공 베랑제의 외침이 마지막 석양 속에 메아리친다. 인간-코뿔소들의 난무 속에 자신도 결국 괴물이라는 자각과 동시에 이 세상의 모든 부조리에 저항해서 최후의 인간으로 남고 싶다는 절규를 불타는 저 석양을 향해 던져야 한다. 그러고도 들리는 소리가 있다면, 그것은 바로 심장 박동 소리와 같은 것. "아, 난 끝까지 인간으로 남겠어. 난 항복하지 않겠어!" 저기, 코뿔소가 지나간다.

뉴욕, 다다의 깃발 아래서

2006년 8월, 뉴욕의 거리에는 다다(Dada)의 깃발이 펄럭이고 있었다. 21세기 폭염의 뉴욕에 웬 다다인가? 뉴욕 현대미술관, 일명 모마(MOMA, The Museum of Modern Art)에서는 20세기 초 사상 초유의 혁명적인 예술운동을 펼쳤던 '다다 특별전'이 열렸는데, 이는 지나간 하나의 예술 사조를 현상적으로 보여주는 데 그치는 것이 아니라, 1920년대 세계 예술계에 몰아닥친 다다라는 폭풍우의 위력과 그 이후 그것이 번져 일궈낸 다양한 '새로운 물결'의 단초를 총체적으로 확인시켜주는 역사적인 전시라 하겠다. 이 다다 특별전은 지난해 파리의 현대미술관인 퐁피두 갤러리를 시작으로 이곳 뉴욕의 모마, 그리고 워싱턴의 내셔널 갤러리로 이어지는 야심적인 공동 기획 전시물이라는 점에서 눈길을 끈다.

'다다' 라는 말은 '아무것도 뜻하지 않는다' 는 역설적인 의미로 1922년 초현실주의로 바통을 이어주며 막을 내린 이래 파리에서는 50년 만에, 이곳 뉴욕 모마에서는 1947년 알프레드 바에 의해 첫 전시가 개최된 이래 만 60년 만에 회고전의 성격으로 부활한 것이다.

뉴욕의 모마는 파리의 퐁피두 갤러리, 런던의 테이트 갤러리와 함께 세계 3대 현대미술관으로 불린다. 우리에게는 과천 현대미술관이 있지만, 규모나 내용면에서 턱없이 빈약하다. 파리나 런던, 도쿄와 같이 세계 주요 도시에 가면 나는 그곳의 미술관과 박물관, 성당과 절, 그리고 시장과 묘지를 시간을 내어 둘러보곤 한다. 그와 더불어 공항과 기차역, 거리와 광장, 광고 표지판들도 관심거리이다. 이들 모두는 우리가 눈을 뜨고 감을 때까지 체험하는 현대라는 동시대의 풍경들이다. '도대체 거기서 무슨 일이 벌어지고 있는가' 가 중요해지는 순간이 있는데, 바로 백남준을 필두로 미술 · 건축 · 패션 · 음악 · 문학 등 한국의 현대 예술의 현재를 그 풍경들을 통해 가늠해볼 수 있기 때문이다.

나와 너로부터 시작되는 세계 예술의 역사는 보는 것에서 이루어진다. 매순간 자극이 필요하고, 뜨거움(싸움)이 필요하고, 열과 정성, 곧 지속적인 열정이 필요하고, 그리하여 창조적 진화가 필요하다. 그런 의미에서 이번 뉴욕의 다다는 지나간 세기의 작품들을 한데 모아서 보여주는 것만이 아닌 '오늘 지금 이 순간' 의 역사성과 역동성을 제공한다. 이들 다다의 기본 정신은 기존 문화에 대한 철저한 부정, 나아가 파괴. 서구 로고스중심주의(이성중심주의)를 해체하고, 삶처럼 우연의 원리를 지향하는 이들 다다의 직계가 시인 브르통과 엘뤼아르, 화가 달리와 같은 초현실주의 예술가들이다. 이들의 정신은 한스 아르프, 마르셀 뒤샹, 막스 에른스트 등 베를린과 취리히, 파리와 뉴욕을 중심으로 활동한 예술가들로부터 이후 오노 요코와 백남준의 플럭서스 운동으로까지 연결된다. 내가 모마와 다다에 열광하는 이유가 여기에 있다. 명실 공히 세계 현대 예술의 메카는 뉴욕, 그 중심에 한국의 백남준이 있고, 그리고 다다가 있는 것이다. 지난 2006년 5월 백남준 추모전을 열어 20세기 한국이 낳은 현대 예술의 거장의 정신을 기린 곳도 이곳 모마다.

시대마다 지배적인 감각과 정신이 있다. 다다는 거부와 파괴라는 20세기 초를 압도한 시대감각이자 정신이었다. 그러나 이번 뉴욕의 다다 특별전에 망라되어 나온 50명의 다다이스트들의 작품들과 작품을 둘러싼 자료들—서신들, 조각, 퍼포먼스, 메모들, 팸플릿들을 돌아보는 세 시간 동안의 다다 여행은 초현대식 고층 빌딩 숲인 맨해튼 곳곳에, 서울—부산을 질주하는 내 몸, 내 가슴속에 그 감각과 정신이 여전히, 아니 더욱 왕성하게 살아 있다는 것을 느끼게 해준다.

현대 예술이란 아방가르드(전위 예술)의 역사이다. 아방가르드란 경계를 넘어 미지의 영역에 첫발을 내딛는 것이다. 이제 그것은 고스란히 삶의 영역으로 넘어온다. 눈을 돌려보라. 보이는 데마다 다다, 다다의 풍경들이다. 현대의 삶은 누가 어떻게 보고 생각하는가, 곧 얼마나 다르게 보고 생각하는가, 그리하여 얼마나

다르게 표현하느냐에 따라 내용과 형식이 크게 달라진다. 하얀 변기를 놓고 〈샘〉이라 명명한 다다이스트 마르셀 뒤샹, 돌아앉은 여체의 두 허리에 바이올린 코드를 그려놓고 〈앵그르의 바이올린〉이라 명명한 사진작가 만 레이, 어둠 속에 뜬 달을 보고 〈달은 가장 오래된 티브이〉라 명명한 비디오아티스트 백남준.

일상은 거대한 반복의 수레바퀴다. 되풀이되는 동일한 수레바퀴를 어떻게 돌려갈 것인가. 하루하루 새롭게〔日新又日新)〕! 21세기의 다다는 하루하루 새롭게 살려는 사람들의 욕망을 멋지게 대변한다.

사진의 큰 역사

　헬뮤트 뉴튼, 앙리 카르티에 브레송, 안드레아스 거스키, 토마스 스트루스 등 몇 해 전 한국을 찾은 세계적인 사진가들의 작품들을 갤러리에서 감상할 때면 언제나 드는 생각이 하나 있었다. 사진은 미술인가? 미술이라면 언제부터 회화처럼 예술의 한 장르로 간주되기 시작했는가? 20세기 독일의 걸출한 문예비평가 발터 벤야민이 〈사진의 작은 역사〉라는 글에서 기술복제시대의 새로운 예술 양식으로 사진을 주목한 이래 21세기는 사진의 시대라 할 정도로 사진의 자리는 막강해졌다.

　'현대(Mordern)'라는 시간성에 사로잡힌 예술가치고 사진을 간과한 사람은 드물다. '현대성(Mordernity)'의 창시자로 불리는 19세기 상징주의 시인이자 미술평론가 샤를 보들레르가 그렇고,

보들레르에 열광해 아예 파리에 와 살다가 〈아케이드 프로젝트〉라는 파리에 관한 매혹적인 책까지 쓰고, 결국은 나치의 독일로 돌아가지 않고 스페인 국경을 넘다가 눈을 감은 발터 벤야민이 그렇고, 보들레르와 벤야민과 같은 대문자 B의 성을 가진 20세기 주목할 만한 문화기호학자 롤랑 바르트(《카메라 루시다》, 열화당)가 그렇다.

　보들레르는 어머니에게 보내는 육필 편지에 "어머니의 사진을 갖고 싶어요."라고 쓰면서 그러나 "어머니가 사진을 찍으실 때에는 제가 있을 때여야 해요. 어머니는 사진에 관해서 잘 모르시니까요."라고 덧붙인다(《나다르》, 열화당). 보들레르의 그 말은 이미 그 자신 사진을 잘 알고 있다는 뜻이다. 그때가 언제인가. 1865년, 지금으로부터 140여 년 전이다. 보들레르가 그렇게 말할 수 있었던 것은 그에게는 절친한 친구인 사진가 나다르가 있었기 때문이다. 펠릭스 나다르는 사진의 역사에서 맨 앞자리에 놓이는 인물이다. 그 덕분에 우리는 가장 준수한 이미지의 보들레르의 초상과 화가 밀레, 들라크루아, 시인 테오필 고티에, 네르발, 소설가 알렉상드르 뒤마와 그 아들, 음악가 베를리오즈 등의 초상들을 사진으로 볼 수 있다.

　사진기자 겸 만평가 또 소설가이자 비행사였던 나다르가 결국 사진가로 이름을 새기면서 남긴 말이 인상적이다. "빛에 대한 감각은 배울 수 있는 것이 아니다. 그런데 그보다도 더 배울 수 없는 것이 있다. 바로 주제에 대한 도덕적 통찰력이다." 갤러리의 사진전에 가서 새로운 경향의 사진들을 접할 때면 자연스레 되새겨지는 대목이다.

2005년 사간동 갤러리 현대에서 열렸던 '안드레아스 거스키와 토마스 스트루스' 전의 작품들은 주제에 대한 도덕적 통찰력이라는 나다르적인 시각에서 상당한 설득력을 지닌다. 그들은 독일 현대 사진을 대표하는 두 사람으로 거스키는 현대성을 상징하는 삶의 공간들, 호텔 로비, 거대한 유통창고, 백화점, 증권시장 등 전형적인 반복 혹은 복제 가능한 형태를 띤 공공성의 장소들을 주목하고, 스트루스는 과거성을 상징하는 성소들, 즉 거대한 박물관-성당들을 싸안아 렌즈에 담는다. 3개 층에 전시된 두 작가의 작품을 모두 합쳐 봐야 스무 점도 안 된다. 스트루스의 박물관 시리즈인 〈페르가몬 박물관 2〉와 사진에 디지털을 접목해 할인 매장의 기계적인 복제성과 평면성을 제시한 〈99센트 2〉 앞에 아무리 오래 서있다고 해도 감상은 10여 분이면 끝난다. 주제와는 별도로 감상 뒤끝이 단순 명료하다. 차갑다. 왜인가? 사진적, 아니 독일적인 것인가?

사진전을 나와서 오히려 생각이 복잡 미묘해진다. 페르가몬 박물관은 어떤 곳인가? 일찍이 프랑스와 영국이 루브르와 대영박물관에 경쟁적으로 그리스와 이집트 문명을 어마어마하게 재현해 놓은 것을 보고 뒤늦게 그에 질세라 더 어마어마하게 소아시아(현 터키)의 페르가몬 유적을 통째로 떠안아다놓은 곳이 페르가몬 박물관이다. 〈99퍼센트 2〉란 작품은 통조림이며 주스며 초콜릿들이 흐트러짐 없이 빼곡히 정비되어 있는 99센트 할인 매장을 두 컷으로 나란히 펼쳐놓은 것이다. 보는 순간 그들 앞에 통조림을 집거나 초콜릿을 집는 나를 떠올리게 된다.

　현대성이란 무엇인가. 처음으로 그것을 문제 삼은 보들레르에 의하면 변화로운 현대인의 불안한 삶을 순간순간 자각하는 것이다. 자각은 곧 영원성으로 연결된다. 과거에서 미래로, 미래에서 가장 오랜 뿌리, 영원으로의 순환. 시간의 순환, 곧 동시성, 나아가 동시대성을 깨닫는 것이다. 현대의 공간에서 인간은 왜소하다. 제국의 박물관에서 폐허의 옛 문명은 무력하다. 그러나 삭막한 현대의 공간도 막강한 제국의 박물관도 한 장의 사진 안에 있다. 아 이러니컬하게도 거기에 사진의 큰 역사가 있다.

철길 옆의 집

  2년 동안 살았던 호수를 떠나 기차역 옆으로 왔다. 미국의 화가 에드워드 호퍼의 그림 중에 〈철길 옆의 집 House by the Railroad〉이라는 작품이 있는데, 그림을 들여다보고 있노라면 그런 곳에 살고 싶다는 동경의 마음보다는 그 집에는 어떤 사람이 살까 하는 낯선 고독감이 전해진다. 여기에서 어떤 사람이란 어떤 심성을 가진 사람인가라는 의미이며, 낯선 고독이란 사람의 심성, 곧 인간적인 온기가 느껴지지 않는 차가운 물질로서의 건물이 주는 분위기를 뜻한다.

  공간의 철학자이자 시인인 바슐라르는 공간은 사람의 마음을 담는 그릇이라고 했다. 집이란 곧 그 사람의 모습이며, 마음의 풍경인 것이다. 호퍼는 현대인의 삭막한 삶을 그린 화가로 유명하다. 그러니 〈철길 옆의 집〉이라는 제목이 주는 낭만적 울림을 곧이곧대로 받아들여서는 안 된다. 현대인의 고독으로 몸 따로 마음 따로인 섹스를 그린 것(〈철학 속으로의 유람〉)처럼, 〈철길 옆의 집〉은 건물 따로 사람(마음) 따로인 집을 보여주고 있는 것이다.

마음이 황폐할수록 인간의 욕망은 거꾸로 달콤하고 말랑말랑한 것, 훈훈하고 끈적끈적한 것, 유연하고 넉넉한 쪽으로 향하는가 하면, 오히려 이열치열, 극단 쪽으로, 그러니까 무섭게 달라붙는 외로움, 싸늘한 고독 속으로 대책 없이 침잠하기도 한다. 그래서 보는 순간 가슴을 서늘하게 하는 무겁고 차가운 풍경임에도, 그래서 얼른 눈을 돌리고 싶은 본능에 반응하면서도, 그 어떤 그림보다도 오래 눈길을 주고 있기도 한다. 미란 것이 보기 좋은 것만을 한정하는 것이 아니라 보기 역겹고 고통스러운 것 또한 가치로 품고 있어서인데, 그것은 보기 좋지 않고 거북한 것일지라도 우리의 심상을 정화하는, 그리하여 보다 나은 상태로 변화시키는 힘을 지녔기 때문이다.

내가 호수를 떠나 옮겨온 철길 옆의 집은 에드워드 호퍼의 그림이 주는 정서와는 사뭇 다르다. 한 시간에 두 번 문산-서울을 왕래하는 경의선 기차가 지나가고, 새도시와 구시가지를 잇는 산책로가 철길과 나란히 뻗어 있으며, 그 길을 따라 사람들은 걷고, 자전거를 타고, 이따금 풀밭이나 벤치에 앉아 책을 읽기도 한다. 철길은 새도시의 경계를 마무리하는가 하면 어느덧 확장하고, 철길 옆의 높은 집에 사는 나는 경계 밖, 저 멀리 북한산에 이르는 빈 공간에 시선을 주기도 하고, 경계 안, 그러니까 아파트 단지

마당에 들어서는 오일장 상인의 우렁찬 소리라든지, 운동장을 줄지어 달리면서 내지르는 아이들의 구령 소리에 귀를 기울이기도 한다.

철길 옆의 집, 저물녘의 주유소, 창문으로 아침 해가 깃드는 호텔 방, 밤의 사무실, 뉴욕 영화 극장, 이른 일요일 아침 등 에드워드 호퍼는 내용면에서는 현대인의 일상 풍경을 화폭에 담지만, 기법적으로는 직선과 서너 개의 단색을 사용함으로써 현대인의 관계 단절을 극명하게 보여준다. 내가 옮겨온 철길 옆의 마을 또한 새도시 특유의 직선들로 분할되어 있다. 호퍼의 철길 옆에는 사람 그림자가 보이지 않지만, 그러나 내가 새로이 터 잡은 철길 옆에는 쏟아지는 햇빛 속에 은빛 자전거를 타고 가는 아이들, 심지어 조팝나무꽃 하얗게 흐드러진 소로를 쉬엄쉬엄 걸어가는 백발노인이 보이고, 멀찍이 그 뒤를 따르는 두셋의 연인들마저 보인다. 방금 기차가 지나간 모양이다.

뜨거움에 관하여

    영화제도 끝이 나고, 뼛속까지 찬바람이 스며드는 깊어가는 가을, 뜨거움에 관하여 이야기하고 싶다. 뜨거운 숨결, 뜨거운 가슴, 그리하여 살아 있음에 관하여 이야기하고 싶다.

    2005년 이맘 때였다. 쿠바 음악의 전설적인 그룹 '부에나비스타소셜클럽'의 내한 공연이 서울 신촌의 한 대학 캠퍼스에서 펼쳐졌다. 부에나비스타소셜클럽은 75세 전후의 노장들로 구성된 쿠바의 전설적인 음악 밴드로 빔 벰더스의 동명同名 영화를 통해 전세계적으로 알려졌다. 다큐멘터리 식으로 찍은 영화와 함께 영화 속에 흐르는 그들의 음악이 세계인의 뜨거운 호응을 불러일으키면서 급기야는 '부에나비스타소셜클럽 현상'으로 확산되기도 했다. 부에나비스타소셜클럽이란 카리브 해 연안의 매혹적인 항구도시 아바나의 한 바에서 출발한 뮤직 밴드. 아프리카와 아메리카, 그리고 유럽적인 리듬이 섞여서 카리브적인 독특한 리듬을 발산하는데, 그들의 〈찬찬〉이나 〈치자꽃 심장을 그대에게 주었네〉, 〈그리고 무슨 짓을 한 거니?〉 같은 노래들은 누구라도 듣는 순간 그 자리에서 꼼짝 못하게 된다. 마치 언젠가, 아니 어디에선가 들어본 듯한 멜로디. 누군가, 아니 무엇엔가, 나의 일부분을, 어쩌면 목숨과도 같은 뜨거운 한 조각을 송두리째 빼앗겼던, 아니 내주고 싶었던 적은, 혹시 없었던가. 노래는 마술적인 숨결로 그 언젠가 지나간 생의 한때를, 또는 그 언제가 다가올 생의 한 순간을 환기시켜준다. 그리고 춤. 재즈로 시작되었는가 하는데, 탱고로, 삼바로, 또 살사로, 보사노바로 이어지는 그들의 멜로디를 들으면 자기도 모르게 몸을 이리저리 움직이게 된다. 처음엔 그들처럼 손과 발을, 그러다가 어깨와 허리를, 마침내는 영혼까지 움직여 춤을 추게 된다.

그런데 그토록 신나고 매혹적인 리듬을 듣고도, 또 그들의 슬프도록 아름다운 노래와 그 가사를 듣고도 몸을, 아니 가슴을 내맡기지 않는 사람들이 있다. 그들은, 극단적으로 말하자면 살아도 산 것이 아닌, 미라 같은 사람들이다. 부에나비스타소셜클럽의 공연중에 나를 경이롭게 사로잡은 것은 그들의 환상적인 공연도 공연이려니와 객석에 함께 앉아 있던 '권위 있는' 관객들의 무덤덤한 반응이었다. 그림이든 음악이든, 특히 우리가 열광의 공연장을 찾는 것은 톱니바퀴처럼 돌아가는 일상으로부터 한순간이나마 찬란하게 벗어나고 싶은 욕망 때문이 아닌가. 내가 아닌 타자의 세계에 완벽하게 몰입함으로써 결국은 나를 잊고, 아니 내 안에서 오래전에 잊혀졌던, 또는 깊이 억압했던 부분을 활짝 펼쳐 보임으로써 새로운 나를 되찾아 나오는 것. 그리하여 나는 물론이고, 낯모르는 옆 사람과 손을 맞잡고, 때로 얼싸안기도 하며, 서로 살아 있음을 강하게 확인하는 것. 휴머니즘이란 거기에서 출발하는 것이 아닌가.

그날 밤, 부에나비스타소셜클럽의 공연장을 나오면서 처음부터 끝까지 목석같았던 관객의 뒷모습을 바라보며 느꼈던 이런저런 생각이 부산국제영화제 기간 동안 여러 차례 되풀이되었다. 그것은 이미 2005년 여름, 뉴욕의 브로드웨이의 뮤지컬들을 순례하면서 경험했던 관객의 풍경에서 시작되었는지 모른다. 못 견디게 흥겨우면 일어나 어깨춤을 추고, 놀라우면 감탄하고, 멋지면 브라보를 외쳐주고, 휘파람도 불어주고, 그리고 일어서서 뜨겁게 박수를 쳐주는 것이 그리 힘들거나 어려운 일은 아니다. 그러나 영화제에 참가한 영화가 끝이 나도 박수 소리를 듣는 일은 드물고, 인간의 한계에 도전하면서 혼신의 열정을 쏟아 신비로운 무대를 보여준 무용가나 연주자에게도 그저 묵묵부답, 무표정할 뿐이다. 우리는 왜 그렇게 인색한가. 왜 반응하고, 표현하지 않는가!

감탄하는 것도 능력이다. 반응하고, 표현하는 것도 능력이다. 불 꺼진 요트경기장, 철 지난 해운대 모래밭을 거닐며 계속 생각한다. 우리는 반응하고, 표현하지 않는 것이 아니라 못하는 것일지도 모른다. 무대를 향해, 아니 세상을 향해, 브라보! 외치는 일이 어쩌면 그동안의 삶을 뒤집는 일만큼이나 힘든 일일지도 모른다. 살아도 산 것이 아닌 게 하루 이틀이 아닌 것. 그것이 익숙해져서 삶이 되어버린 것. 단숨에 집어삼킬 듯 몰아치던 파도도 이내 물결을 거두어간다. 11월이 낼모레다. 굴러가는 낙엽만 봐도 시리고 허전한 가슴, 누구라도 가까이 손 내밀어 속삭여볼 일이다. 뜨거움, 그거, 아직 내 안에 있다고!

발견의 미학

열차를 탈 때마다, 긴 플랫폼을 걸어갈 때마다, 열차 계단에 첫 발을 올려놓을 때마다, 중얼거린다. 나는 내 영혼을 만나러 떠난다! 그리고 열차가 출발하기 직전, 부르르 떠는 열차의 진동을 온몸으로 느끼며, 열차가 미끄러지듯 출발할 때, 또 중얼거린다. '열차가 아니었으면, 그들은 도대체 어떻게 만날 수 있었을까?'

그들이란 한국 근대 소설의 효시로 불리는 《무정》의 주인공 이형식과 박영채, 김선영과 김병욱이다. 소설이 끝나갈 무렵 이들 어긋난 운명의 주인공들은 한자리에 모이는데, 그 장소가 바로 부산행 열차이다. 맺지 못할, 아니 풀지 못할 인연들이 달리는 열차에서 해후한다! 소설이 아니면, 어떻게 가능하겠는가! 비록 우연성이 지나치기는 하지만, 이 열차 칸 장면을 나는 사랑한다. 조금 거창하게 의미부여를 하자면 이 장면이야말로 소설 《무정》을 근대의 세계로 진입시키는 결정적인 역할을 하고 있는 것이다. 또 열차, 그러니까 근대의 산물을 막바로 소설에 끌어들인 작가, 그리하여 주인공 형식과 영채, 선형과 병욱과 나란히 또 하나의 주인공의 자리를 소설에 마련한 작가 이광수야말로 근대 작가임을 새삼 증명하는 대목이기도 하다.

20세기 초 작가 이광수가 열차를 통해 주인공들의 해후를 매개함으로써 소설의 운명을 결정지은 것처럼, 21세기 초 서울-부산 간 초고속 열차는 내 운명, 그러니까 내 소설적 삶의 운명을 바꿔 놓았다. 초고속 열차로 인해 나는 일산 호숫가에 살던 삶을 꾸려 부산 해운대 바닷가로 옮겨온 것이다. 새벽 어스름 잠에서 깨어나 저 멀리 창밖에 펼쳐져 있는 바다를 바라볼 때면 매번 처음 바다와 마주하는 양 '아, 바다!' 하고 감탄을 하는데, 그것은 열차가 떠나기 직전, 열차 칸에 앉아 내지르는 '아, 열차!'의 탄성과 다르지 않다. 초고속 열차가 아니었으면, 나는 도대체 어떻게 매일 아침 저 바다를 만날 수 있었을까?

한 달에 두어 번 초고속 열차를 타고 서울과 부산을 오가는 것을 나는 축복으로 여기며 산다. 축복이란 별 게 아니다. 내가 나를 배려할 때 나오는 감사의 마음이다. 일 때문에 서울에 가거나 부산에 가지만, 마음은 여행자의 기분을 한껏 누리는 것이다. 세상은 언제나 거기 있다. 그것을 어떻게 발견하고, 사용하느냐에 따라 전혀 다른 세상이 열린다. 서울역 광장에 서본다. 광장가 시계탑, 구역사, 광장의 비둘기떼, 광장 앞 고가도로, 거대한 빌딩숲,

그리고 유리 전면의 신역사…….

  그것들은 늘 그래왔듯이, 어제처럼 오늘도, 또 내일도 그렇게 놓여 있을 것이다. 문제는 내 눈, 내 가슴이다. 노을에 불타는 구역사를 본 적이 있는가. 보고, 또 본 적이 있는가. 2층 난간에서 여섯 갈래, 열 갈래의 플랫폼들을 내려다본 적이 있는가. 보고, 또 본 적이 있는가. 그리고 그 난간에서 떠나는 모든 것들을 우람하게 감싸고 있는 위, 그러니까 천장을 올려다본 적이 있는가. 보고, 또 본 적이 있는가.

  인상파 화가들, 특히 모네와 마네는 열차와 열차역 풍경에 민감했다. 이광수와 마찬가지로 그들은 근대인인 까닭이다. 열차를 화제畵題로 한 마네의 그림 〈아르장퇴유〉와 〈철도〉가 세상에 나온 것은 1870년대. 그리고 같은 시기 모네는 생라자르 역에 몰두했는데, 〈생라자르 역〉, 그리고 그와 관련된 그림들을 그는 무려 일곱 점이나 그렸다. 생라자르 역은 파리 북부지방으로 들고나는 관문이다. 모네는 수련 연못으로 유명한 파리 근교 지베르니에 거처를 정한 뒤 수시로 생라자르 역을 통해 파리를 오고 갔던 것. 그가 간 길, 그 역을 따라 그의 인상파 기법을 추종하는 화가들이 모여들었고, 이후에는 그가 남긴 그림을 따라 세계의 이방인들이 그 길, 그 역을 찾고 있다.

  나에게 열차와 열차역의 존재에 대해 새롭게 눈을 뜨게 해준 것은 바로 인상파 화가들, 마네와 모네이다. 한 달이면 두어 번, 심지어 서너 번까지 서울역사를 찾는 나는 열차 출발 시간을 기다리는 동안, 또는 열차를 타고 나에게 오는 사람을 기다리는 동안,

신청사 2층 라운지 벤치에 앉아 저 아래 펼쳐진 플랫폼과 그 사이를 오가는 발길들과 그 모든 것을 감싸고 있는 저 높은 천장과 벽의 투명한 철골 구조를 예술품을 감상하듯 하나하나 음미한다. 아니, 그것이 예술품이 아니고 무엇이랴. 모네의 〈생라자르 역〉이 아니었어도 그것들은 나에게 그런 식으로 의미를 던질 수 있었을까?

열차와 마찬가지로 나에게 깊은 인상을 주는 것은 다리이다. 강의 이쪽과 저쪽을 이어주는 다리, 바다의 이쪽과 저쪽을 이어주는 대교. 열차보다도 자주, 아니 매일 나는 다리를 건너며 전율한다. 하나의 다리가 거기 놓여 있기까지 그것이 거느리고 있는 장치와 풍경들에 열광한다. 우아한, 또는 단아한 난간들과 그 사이를 별처럼 수놓은 가로등불들, 출렁이는 물결에 듬직하게 곧추 세운 기둥들, 그리고 무엇보다 창공을 분할한 아치 탑들의 행진. 나는 초고속 열차를 타고 부산, 또는 서울로 향할 때 목적지에서의 일을 깡그리 잊어버리고 열차라는 하나의 공간에서의 짧은 삶을 산다. 그렇듯 하나의 다리를 통과하는 동안, 이쪽에서 저쪽으로 가는 목적을 던져버리고 오로지 다리, 그 자체 예술품을 감상한다. 그래서 어느 날에는 자유로를 타고 홍대 앞으로 가다가 오직 한강에 놓여 있는 다리들에 홀려 내처 팔당까지 내달리거나, 거꾸로 홍대 앞에서 강변북로를 타고 집으로 돌아가다가 석양에 더욱 붉게 빛나는 방화대교에 홀려 다리를 건너 영종대교까지 이르고만 적이 한두 번이 아니다.

그러다 보니 혈육이나 지인의 초대를 받아 출발할 때는 제일 먼저 머릿속에 떠오르는 것이 내가 건널 수 있는 다리들이다. 대천 어머니에게 가는 길에는 7킬로미터가 넘는 서해대교가 있고, 송파 막둥 오라비에게 가는 길에는 열 개도 넘는 다리들 중 청담대교가 있다. 그리고 아침저녁 직장인 동아대학으로 가는 광안리 푸른 바닷길에는 백색의 아름다운 건축물인 광안대교가 있다. 바다처럼 넓은 한강변을 달릴 때와 같이 이제는 진정 드넓은 바다 위를 달리면서 겨드랑이에서 비죽비죽 날개가 돋아나는 것처럼 기분이 마구 상승하는 것을 느낀다.

열차의 경우처럼 내가 다리에 심취하게 된 계기가 예술 작품에서 비롯된 것인지 분명하지 않다. 나는 도쿄 근대서양미술관에서 모네의 뿌윰한 안개에 싸인 〈워터루 브릿지〉를 만나기 이전에 〈다리 위에서〉라는 단편 소설을 썼으니 말이다.

소설 〈다리 위에서〉는 다리를 매개로 한 현상학적 환원을 그린 작품이다. '나'와 '너', 의식과 무의식, 현실과 공상의 연결, 즉 이어줌을 상징한다. 열차와 열차역, 그리고 다리 등 우리의 삶을 편리하게 해주는 문명의 시설들은 보는 사람, 의미를 부여하는 사람에 따라 차가운 철근 콘크리트 건축물의 옷을 벗고 하나의 시학, 하나의 예술로 존재한다. 태양은 매일 묘지 위에, 또 바다 위에 떠오른다. 문제는 무엇을, 어떻게 보는가이다. 헤밍웨이는 1925년 《태양은 다시 떠오른다》를 쓰면서 이렇게 적었다. "세상이 무엇인가를 알려고 하기보다 그 속에 어떻게 사느냐가 나의 관심사다."

일상보다 강력한 것은 없다. 일과 옷과 가구와 마누라, 전쟁의 공포까지도 한 입에 꿀꺽 삼키는 것이 일상, 습관의 힘이라고 했다. 예술은 그 막강한 일상, 습관의 벽에 반하는 유일한 힘이다. 불어오는 봄바람 속에 내 눈의 예술, 내 삶의 미학을 돌아볼 일이다. 그리하여 매일 입속으로 중얼거려볼 일이다. 나는 내 영혼을 찾으러 떠난다!

대학로 타센 소감

　3월을 며칠 앞두고 선배도 만날 겸 잡지와 인터뷰도 할 겸 오랜만에 대학로에 나갔다. 대학시절 시와 연극에 빠져 자주 찾던 골목과 소극장 그리고 카페를 기웃거렸다. 마로니에 공원을 거쳐 샘터 골목으로 들어가기 전 길 건너 학림 다방을 건너다보고 뒤돌아 바탕골 소극장 입구를 살핀 다음 T자형 막다른 골목에서 왼쪽으로 꺾어졌다. 대학시절 최루가스를 피해, 또 새로운 연극과 영화의 개막을 위해 수시로 드나들던 대학로였지만 터전이 일산과 홍대 앞으로 바뀐 뒤로는 일년에 두세 번 찾는 게 고작이었다.

　약속 장소는 타센 북카페. 타센은 독일의 아트북 전문 출판사로 현재 세계적인 미술관 아트숍을 점령하다시피 하고 있는 곳이다. 서울의 대학로에는 차를 마시며 다양한 장르의 아트북을 펼쳐보는 북카페 형태로 문을 열고 있지만, 독일과 프랑스 미국에서는 미술애호가들의 북스토어로 유명하다. 독일의 쾰른을 거점으로 파리의 유서 깊은 라틴 구역에 들어서 있고, 베를린과 로스엔젤레스에도 문을 열고 있다. 오늘의 타셴은 세계의 거대한 아트북 시장을 잠식하고 있는 거대 기업이지만 출발점은 아주 소박하다. 스무 살도 안 된 열여덟 살의 젊은 베네딕트 타셴이 쾰른에 25평방미터의 미니숍을 연 것이 1980년. 만화물에서 시작한 타셴 코믹스는 이듬해 두 명의 젊은 동업자를 만나면서 디자인 제품에 독창적인 아이디어와 함께 세계적인 배급을 펼치기 시작해 25년이라는 짧은 역사로 미술·사진·영화·생활예술 쪽에 독보적인 자리를 차지했다.

타셴 아트북의 강점은 우선 높은 품질에 저렴한 가격이다. 예술의 대중화에 성공한 셈이다. 그러나 타셴이 저가의 질 좋은 아트북만을 제공하는 것은 아니다. 대학로 타셴 북카페의 문을 열고 들어가면 왼쪽으로 제일 먼저 거대한 책이 놓여 있는데, 바로 몇 해 전 한국에서 처음으로 전시회를 가졌던 헬뮤트 뉴튼의 사진집이다. 책 하단에 시가 650만원이 표기되어 있다. 일반 독자들로서는 손대기 어려운 고가의 책이다.

인터뷰가 끝나고 약속이 되어 있던, 타셴 북카페를 운영하는 M출판사 L선생의 사무실 겸 서가로 올라갔다. 고가의 예술 책인데 출입문 옆에 배치한 것이 적당한가 넌지시 지적했다. 처음 그곳 문을 들어섰을 때는 물론, 인터뷰 사진을 찍으러 여러 차례 문을 드나들면서도 헬뮤트 뉴튼의 그 명물이 눈에 들어오지 않았었다.

그것을 인지하는 순간 단순히 고가라는 이유 때문이 아니라 그 값에 준하는 공간이 따로 필요하지 않은가라는 생각이 들었던 것이다. 그렇다면 그것이 있어야 할 자리가 카페의 출입문, 홀대해서 말하자면 문지방은 아닌 듯싶었다.

　내가 어렵사리 질문을 꺼낸 데 반해 L선생의 답변은 간단하고 편했다. 그곳을 찾는 모든 사람들이 편안하게 펼쳐보도록 전시보다는 열람의 형태를 취했다는 것. L선생은 타셴의 아트북을 저렴한 가격에 한국 독자들에게 한국어 번역본으로 제공할 것이라며 눈빛을 빛냈다. 21세기는 벤치마킹의 시대다. 한국어 번역본의 타셴 시리즈에 그치지 않는 또 다른 한국의 젊은 타셴을 기대하며 L선생의 서가를 나왔다.

왕비의 발받침

우리의 전통 목칠공예품 중에 '왕비의 발받침足座'이란 것이 있다. 물론 '왕의 발받침'이 우선 있기도 하다. 왕비의 발받침은 왕비의 베개에 상응하는 것으로, 베개가 U자형인 데 비해, 발받침은 W자형이다. 붉은 칠 바탕에 금박으로 가장자리를 따라 테두리를 둘렀고, 검은색과 흰색으로 연꽃과 구름을 앞뒷면에 채화 기법으로 그려 넣었다. 윗부분에는 대나무를 형상화한 철막대를 꽂았던 흔적이 남아 있고, 주위에 연꽃무늬가 그려져 있다(《목칠공예-한국 美의 재발견 10, 솔》). 이 왕비의 발받침은 공주의 무령왕릉(백제시대, 6세기초)에서 출토된 것으로 흔히 볼 수 있는 유물은 아니다. 연꽃, 구름, 대나무의 흔적으로만, 서지書旨로 겨우 알아볼 뿐이고, 더욱이 어루만져볼 수는 없지만, 첫눈에 깊고, 아름답다. 세상의 깊은 모든 것, 그리하여 아름다운 것에는 고개를 숙이고 눈을 감는다. 창밖에 봄빛이 눈부시다.

눈부시다 못해 푸르른 햇살, 봄나들이 유혹이 많은 나날이다. 모처럼 들로 나가 쑥이라도 캐어볼까, 백제시대 박물관을 찾아가볼까. 새록새록 길어지는 봄밤의 정취는 또 어떤가. 사방에서 흐르고, 떠오르고, 꿈틀거린다. 하여 가만히 있다가도 무언가 눈을 주고, 무언가 손을 뻗고, 무언가 가슴을 열고, 무언가 몸을 움직이고 만다. 그러다 문득 만난다. 저 흐르는 빛, 저 꾸물거리는 생명, 저 다가오는 꽃. 한 꽃의 표정, 그 표정의 역사를 만난다. 그런 의미에서, 왕비의 발받침은 어제 나에게 온 꽃이다.

작가란 세상에 널린 그렇고 그런 영희와 철수, 돌과 꽃, 풀들에게서 새로운 의미를 발견하고 그 의미를 부여하는 자들이다. 달리 표현하면 창조자이고, 또 달리 표현하면 전달자이다. 얼마 전까지만 해도 '해 아래 새로운 것은 없다'는 성경 구절에 이의를 제기하는 사람은 없었다.

그러나 복제 양羊과 평균 수명 120세 인간이 거론되는 시대에 우리는 끊임없이 새로움이란 화두에 도전받으며 살 수밖에 없게 되었다. 꽃 한 송이를 보고도 새로움을 생각하는, 꽃을 꽃으로 두고 보지 못하고, 그 한 꽃 송이의 존재를, 그 진위를 의심하는 옹색한 인간으로 전락하고 말았다. 때로 나는 꽃 한 송이를 손에 들고 '원래 이 꽃은 오직 붉었다'라고, 또 '원래 이 꽃은 작았다'라고 추억하면서, 돌이켜 나에게 묻곤 한다. 나는 얼마만큼 진짜 나로 존재하고 있는가. 나의 본질은 괜찮은가? 그래서 나는 오리지

널인가?

　인간은 근본적으로 과학적인 동물이다. 요즘 과학이란 용어는 과거보다는 전적으로 미래와 연결되어 있는 것처럼 보인다. 그러나 한번쯤 과학의 의미를 과거 쪽으로 돌려볼 필요가 있다. 과학의 과거, 전통의 다른 이름이 아닌가. 눈부신 봄 햇살 아래 천년 나무의 비밀을 간직한 왕비의 발받침을 새삼 떠올리는 이유가 여기에 있다. 살아남아 깊고, 아름다운 것, 그것이야말로 세상의 최고 가치가 아닌가. 과학이 잊지 말아야 할.

말로와 석굴암

《상상의 박물관》이란 것이 있다. 20세기 대표적 지성인이자 실존적 행동주의 작가 앙드레 말로, 1958년부터 1969년까지 재집권한 샤를 드골 정권의 참모로 11년 동안이나 프랑스의 문화부 장관을 지낸 작가 앙드레 말로의 예술평론서가 그것이다. 《인간의 조건》과 《희망》이라는 소설로 행동하는 인간의 운명과 역동성을 치열하게 그렸던 그가 1976년, 75년의 생애를 마치고 난 뒤 유작으로 세상에 나온 책이 《덧없는 인간과 예술》이었다. 동서양을 넘나들며 소설가이자 탐험가, 정치가로서 격동의 20세기만큼이나 극적인 삶을 살아내면서 그가 끝까지 화두로 삼았던 것은 인간, 그리고 예술이었다.

인간은 태어나기 위해 아홉 달을 어머니 뱃속에 있어야 하지만, 죽기 위해서는 단 하루, 아니 단 몇 분 몇 초로도 족하다. 말로는 누구나 아는 이 사실을 소설 《인간의 조건》에서 부각시키면서 궁극적으로 한 인간이 되기 위해 걸리는 시간, 그 60년 동안 한 인간이 겪는 갖가지 의지와 희망, 그밖에 이루 말할 수 없는 여러 가지를 전하고 있다.

스무 살에 서구주의에 대한 회의와 이국주의적 호기심에 사로잡혀 동남아시아로 떠났다가 돌아오는 길에 고대 크메르 왕국의 조각상을 프랑스로 밀반출하려다가 도굴꾼으로 잡혀서 감옥살이를 해야 했던 앙드레 말로. 감옥에서 자국의 식민지 문화정책의 야만성을 목도하고 이후 프랑스를 대표하는 소설가, 또 문화부 장관이 되어서는 열렬한 식민지 예술 보호자가 된 정의의 행동파 사나이 앙드레 말로.

몇 해 전 파리의 동양전문박물관인 기메박물관에 들렀다가 그곳 아트숍에서 두 개의 기념물을 사가지고 나왔다. 하나는 그곳에 소장되어 있는 우리의 고려불화 〈수월관음도〉가 찍힌 그림엽서였고, 다른 하나는 바로 말로의 명저 《상상의 박물관》이었다. 박물관의 작품들은 그것이 놓였던 자리, 또는 놓여야 할 자리聖所를 잃었다는 것, 그러므로 루브르는 진정으로 아프리카 혹은 이국의 예술을 맞이할 수 없다는 것이 《상상의 박물관》을 관통하고 있는 사유의 세계이다. 한 장의 〈수월관음도〉 엽서와 더불어 주저 없이 그 책을 집었던 것은 그의 육성을 생생하게 다시 듣고 싶어서였다.

예술적 신비로, 식민지 체험의 아픔으로 남아 있던 석굴암 주실 지붕 구조에 대한 비밀이 최근 공개된 토함산 중턱, 석굴암의 환한 조명 아래 나는 얼마나 자주 서있었던가.《법보신문》에 게재된 '석굴암 상상복원 단면도'를 나는 오래 바라보았다. 기와지붕이 3층. 익숙하고도 낯설었다. 이 낯섦이 영원한 새로움으로 전환되는 데에는 시간이 필요할 것이다. 그 지붕의 비밀을 공개한 사람은 문화재청 소속의 연구자가 아니라 교사로 평생 석굴암 연구에 몰두해온 한 미술사학자이다.

예술이 왜 위대한가. 시대를 초월해서 존재하기 때문이다. 존재하나 그것은 처음 그대로가 아닌 불완전한 상태이다. 불완전한 실존에 바치는 평범한 인간의 위대한 열정. 순간, 인간은 예술을 뛰어넘는다.

고지도古地圖의 진실 혹은 열정

어느 일요일 아침, 아이와 서울역사박물관으로 앙코르와트 보물전시회에 갔다가 뜻하지 않게 '서양 고지도 속의 한국전'을 돌아보게 되었다. 몇 해 전부터 앙코르와트에 가야지 벼르고 있던 터라, 전시가 시작되던 초여름부터 하루 날 잡아 5백 년 동안 잠들어 있던 땅에서 온 보물들을 천천히 돌아보리라 했던 것이 기나긴 여름을 다 보내고 가을, 전시 마지막 날이 된 것이다.

가을비 내리는 경희궁 옆 박물관 창가에 앉아 방금 돌아 나온 신들의 정원 앙코르와트와 그 앞 톤레삽 호수에 자욱하게 핀 연꽃의 여운을 되새기고 있는데, 잠깐 기다리라며 맞은편 통로로 훌쩍 내달렸던 아이가 무작정 내 손을 이끌어서 가보니 기증유물 전시실에 마련된 '서양 고지도 속의 한국전'이었다.

나와 아이는 '서양 고지도 속의 한국'의 형상들을 마치 숨은그림찾기 하듯 일일이 짚어가며 전시실을 돌아보았다. 아이는 〈대동여지도〉의 원본을 본 것에, 그리고 독도가 한국 영토임을 적시한 하야시 시헤이와 클라프로트의 〈삼국총도〉에 흥분했고, 나는 최초의 서양식 전도라 알려진 당빌의 〈조선왕국도〉와 (집에 돌아와 당빌의 지도보다 2년 먼저 제작된 고지도가 옥션 경매에 나왔다는 기사를 접했다) 네덜란드인 블라우가 제작한 정밀 채색 지도 〈신지구전도〉에 입을 다물지 못했다.

비록 아이의 적극적인 인도로 들어가기는 했지만, 전시실을 돌아 나올 때 나는 어깨에 잔뜩 힘을 주었다. 16세기에서 19세기까지 한국이 표기된 고지도와 전적류 약 80여 점을 기증한 분이 바로 나의 대학 은사이신 김인환 선생과 부군인 서정철 선생이었기 때문이다. 김인환, 서정철 선생은 1960대 프랑스 국비 유학생 1, 2호로 선발되었다가 나중에 부부로 돌아와 이화여대와 외국어대학에서 평생 불문학을 가르치셨다. 내가 프랑스 시의 마력에 빠지게 된 것은 김인환 선생의 19세기 프랑스 시 강의를 듣고 나서였고, 그리고 그것은 지금까지 계속되고 있다.

아이에게 김인환 선생이 누구인가를 말해주려다 나는 파리 센 강둑의 명물인 부키니스트(거리의 헌책방)를 상기시켰다. 파리에 갈 때면 아이와 나는 부키니스트에 나와 있는 고서는 물론 고지도며, 희화화된 캐리커처며, 복제화를 구경하느라 오후 두세 시간을 흘려보내기 일쑤였다.

이번 '서양 고지도 속 한국' 전에 나온 80여 점은 김인환, 서정철 선생이 30년 동안 파리의 헌책방과 부키니스트를 뒤져서 수집한 열정의 산물이다. 독도 문제와 동해 표기 문제, 그리고 고구려사 왜곡 문제에 직면해 있는 우리에게 이런 고지도의 실체란 진실을 향한 첫걸음이다. 묻혀 있는 실체를 찾아내는 일, 그리고 전시하는 일이 한쪽에서만 이루어진다면, 그 실체란 그 순간 마지막 걸음이 되고 만다. 이 가을, 내 열정의 수집 목록을 새삼 들춰볼 시간이다.

헤이리 마을로 가다

　헤이리 아트 벨리를 아는가. 이국적으로 들리는 명칭으로 인해 유럽의 운치 있는 예술 마을은 아닌가 생각할지도 모른다. 그러나 헤이리란 파주, 통일 전망대 옆 통일 동산에 있는 순우리말 예술 인문화공동체를 뜻한다. 파주 지역에서 전해내려오는 '헤이리 소리'에서 따온 이름이라는 것을 10년 전 평소 친분이 있던 출판인으로부터 들었다. 그분은 현재의 헤이리 아트 벨리를 출범시키는 데 핵심적인 역할을 했던 주체였고, 그즈음 그는 일본과 유럽의 출판 및 문화 공동체를 순례하고 돌아온 참이었다.

　그 이전에 안양 예술인 마을에 대해 들어본 터라 그와 비슷한 그러나 그보다는 발전적으로 열린 공간이 될 것이라 짐작했었다. 곧 파주 출판문화단지의 조성과 함께 헤이리 아트 벨리가 문학·

출판·영화·미술·건축·음악·전반에 종사하는 예술인들의 구체적인 문화 프로젝트로 진행되면서 나에게 헤이리 회원으로 함께 가지 않겠느냐는 제의가 있었다. 그러나 아쉽게도 10년 전 나는 삶의 예술을 도모하기에는 정신적으로나 육체적으로 최저 한계선에 내려가 있었고, 언제 삶을 부여안고 외지로 떠날지 불안정했던 시기였던 터라 선뜻 그분의 호의적인 손을 잡을 수 없었다. 그저 헤이리는 꿈이 아닐까 생각했었다. 설상가상 그해 말 국제구제금융의 한파가 몰아닥쳤고, 임진강변의 철새떼를 쫓아 틈만 나면 드라이브 나가던 나는 잡초만 우거진 텅 빈 출판단지 벌판과 예술인 마을 터를 바라보면서 헤이리는 진정 꿈이 아닐까, 거듭 생각했었다.

그런데 꿈이 아니었다. 놀랍게도 실현된 것이다! 얼마 전, 사진을 찍는 선배가 찾아와서 임진강변의 아름다운 가을 풍경을 선물해주려고 여기저기 생각하다가 헤이리 아트 벨리로 향했다. 시를 쓰면서 사진 작업을 하는 선배는 몇 년 전 자동차도 없는 상태에서 매주 전국의 박물관을 돌며 일간지에 연재를 했었다. 그때 선배는 내 차에 의지해 벽제 중남미미술관이며 김포 학교박물관, 영덕 경보화석박물관, 경주의 여러 박물관은 물론 통도사 성보박물관 등 여러 곳을 함께 돌았었다. 그때의 기분을 살려 나는 선배에게 이 가을의 멋진 영상을 하나 선물하고 싶었다.

그래, 파주로 가자! "선배, 헤이리 아트 벨리라고 알아?" 의왕에서 나고 자라, 수원에서 대학을 마친 뒤 여전히 수원에 살고 있는 선배에게 파주 헤이리는 멀고 낯선 세계였다. 내가 살고 있는 일산 호수에서 20분 거리에 있으면서도 마치 꿈의 저편처럼 멀기만 했던, 아니 한때는 내 현실이 될 수도 있었을 그곳으로 선배를 태우고 달려갔다.

억새풀 자욱이 우거진 갯벌, 철새떼 나는 먹먹한 허공, 고요히 흐르는 임진강, 강에서 벌판으로 빠져 흐르는 샛강과 그 강물의 작은 쉼터인 늪.

헤이리 아트 밸리는 과연 꿈의 공간이었다. 산과 산 사이 어머니의 근원처럼 길고 아늑한 공간. 3층 이하로 높이를 제한한 건축물들이 여기 저기 떨어져 서로 부르듯 바라보고, 사이사이 공터엔 잔잔한 풀꽃들이 가을바람에 흔들리고 있었다. 프로젝트라는 예술지상 낙원이 황량한 듯 고즈넉한 북쪽의 자연과 어울려 고른 숨을 쉬고 있다. 드물게 아름다운 풍경이었다.

12월, 정동길을 걸으며

12월 저녁, 정동길을 걸었다. 초현실주의 화가 르네 마그리트 전을 알리는 서울시립미술관의 깃발이 가로수에 펄럭이고, 그 너머 정동교회의 뾰족탑이 별처럼 반짝였다. 정동교회를 이정표로 길은 두 갈래로 나뉜다. 지난 5월 한국을 찾은 세계의 젊은 작가들과 함께 이 길을 걸었었다. 부다페스트에서 온 드러고만 죄르지, 상계동에서 온 한강, 파리에서 온 조엘 에글로프, 충주에서 온 이만교. 우리는 그때 서울시립미술관과 정동교회 사이로 방향을 잡았었다. 사흘 동안 아침이면 그 길을 걸어 세미나 장소인 국제문화교류재단으로 향하곤 했다. 세계의 젊은 작가들은 '문학의 새로움'을 화두로 서울과 부석사를 오가며 일주일 동안 동고동락했었다. 부에노스아이레스에서 이틀에 걸쳐 날아온 마르셀로 비르마헤르는 4개월 된 딸을 캥거루처럼 품에 안고 다녔고, 스톡홀름에서 온 레나 안데르손은 DMZ와 작가들의 생계비 문제에 관심이 많았다. 그날 함께 걸었던 그들은 지금은 어디에서 무엇을 할까.

파리로 돌아간 조엘 에글로프는 토스카나에서 열린 베케트 페스티벌에 다녀왔다는 편지가 왔고, 봉원사 근처에 살고 있는 정영문은 며칠 전 '피스 앤 그린보트(평화의 배)'를 타고 열흘간 동남아시아 크루즈에 나선다고 부산항에서 전화가 왔었다. 작가 이기호는《갈팡질팡하다가 내 이럴 줄 알았지》라는 화제의 신작 소설집과 함께 결혼 소식을 알렸고, 베를린으로 날아간 조경란은 알리사 발저와의 해후담을 문예지를 통해 전했다. 작가 축제 내내 사진기를 손에서 내려놓지 않았던 멀티 아티스트 김중혁, 유난히 젊은 누나들의 꽁무니를 따라다녔던 크로아티아의 시인 클라우디오 코마르틴, 화산돌처럼 언제나 마그마의 잔열이 느껴지던 멕시코의 호르헤 볼피.

그들의 이름은 때로 별들의 전쟁처럼 동시에 폭발하고, 때로 해와 달의 존재처럼 지구 이쪽과 저쪽에서 서로를 향해 빛을 던지며 행진할 것이다. 서로 사용하는 언어와 살아가는 환경은 달라도, 할 줄 알고 그리고 가장 잘 하는 것이, 무엇보다도 살아 있음을 유일하게 느끼게 해주는 것이 '문학'이라고 이구동성 외쳤던 21세기의 젊은 작가들. 해 저문 정동길, 시간은 흘러 초현실주의 화가의 그림이 펄럭이는 12월, 가로수마다 그들의 이름을 새기며 걸었다. 거대한 새의 비상처럼 그 이름들은 서울에서 스코틀랜드,

또 부에노스아이레스에서 스톡홀름까지 창공을 힘차게 날아갈 것이었다.

정동길 중간, 서울시립미술관과 정동교회, 그리고 정동극장이 삼각형의 꼭짓점처럼 자리 잡고 있는 삼거리. 나는 자칫 길을 잘못 잡을 뻔했다. 지난 5월의 발길 그대로 정동교회 앞을 지나 왼쪽으로 계속 걸어가려고 했다. 아니다, 이번에는 오른쪽이었다. 정동극장으로 가야 했다. 문학을 화두로 한 또 다른 축제가 그곳에서 벌어질 참이었다. 문학을 무용으로 각색한 희귀한 무대가 기다리고 있었다. 이상의 〈오감도〉와 나의 소설 〈푸른 모래〉가 무용가의 몸을 빌려 공간의 상형 문자로 거듭나는 자리였다. 공연은 단 하루, 한 차례뿐이었다. 그 한 번의 무대를 위해 수많은 예술가들이 백여 일 동안 무대 안팎에서 열정을 바쳤다.

예술이란 창공의 별과 같은 것이다. 만인의 머리 위에서 반짝이지만, 모두가 그 빛을 누리는 것은 아니다. 고요하고 거룩한 12월 밤, 문득 창공의 별이 보고 싶다면 홀연히 일어나 정동길을 걸어보라. 거기, 지난 한 해 당신의 발걸음이 고스란히 새겨지리니.

한 줄기 바람처럼, 천 개의 고원처럼

2006년 5월 7일 일요일 오후 5시, 광화문 네거리

나는 광화문 네거리 지하도 입구에 서 있다. 바야흐로 초여름 아청鴉靑 빛 신비로운 저녁 하늘이 펼쳐질 것이다. 등 뒤에는 옛 동아일보 사옥, 현재의 일민미술관 건물이 나를 내려다보고 있다. 내 손에는 커다란 여행용 트렁크가 들려 있다. 트렁크 안에는 최근에 출간된 푸른빛의 소설집 《네 마음의 푸른 눈》이 들어 있다. 이 무슨 뜬금없는(?) 행보인가. 멀리 혹은 가까이 여행을 떠날 때면 나는 내 이름의 소설책들을 비상책(?)으로 한 권씩 넣어가곤 했다. 그러니까 지금 나는 서울, 광화문으로 여행을 온 것인가? 아니 다른 곳, 좀더 먼 곳으로 여행을 떠나는 중인가? 내가 지금 어디에서 왔든, 어디로 가든 그건 그리 중요하지 않다. 적어도 이 거리, 이 지하도 계단 입구에 서있는 이 순간만은 현실적인 목적지와 목적을 잊자, 깡그리 잊어버리자. 이 거리는 오랫동안 나의 거리가 아니었던가. 들끓는 청춘의 미완의 문장들을 걸음걸음 새기고, 버렸던 거리가 아닌가. 치기와 열정을 한 가지로 혼동했던 스물네 살에서 스물다섯 살 사이, 이 거리는 나에게 하나의 낯선 '생명', 소설을 부려주었다. 그리고 그것은 운명이 되었다. 누구는 밤에 떠난 아비가, 누구는 떠도는 바람이, 누구는 순이가, 누구는 당나귀가 소설을 또는 시를 주고, 또 키워주었다면 나는 바로 이 거리, 광화문 네거리가 그 역할을 했다.

이제는 전설이 되어버린 이름과 공간들. 종로구 적선동 80번지 현대빌딩 8층 문학사상사. 빌딩 맞은편에 '내자호텔'이 있었고, 빌딩 오른쪽 자하문 방향으로 길을 건너면 구중앙청 광장과 경복궁으로 이어지는 너른 광장이 나왔고, 광장 옆 한적한 풀밭에 가면 울리지 않는 낡은 동종銅鐘이 있었고, 동종을 지나 그러니까 조선 시대 궁궐의 너른 마당을 건너 질러가면 사간동의 옛 프랑스 문화원이 있었다. 그 건물 지하에는 내 젊음의 은거지였던 르누아르 영화실이 있었다. 나는 한줄기 푸른 바람이 바짓가랑이를 살랑이는 저녁 여섯 시경이면 현대빌딩의 유리 회전문을 밀치고 나와 사간동 쪽으로, 아니면 광화문 네거리 쪽으로 발걸음을 옮기곤 했다. 적선동 현대빌딩과 내자호텔, 그리고 연건동교회와 세종문화회관 뒤 분수 광장, 사이사이 사람 냄새 물씬 풍기는 식당들과 골목들. 이제는 보이는 것보다 보이지 않는 것들이 더 많은 거리……. 이들 풍경 속에 내 생애 첫 소설이 놓여 있다.

그 골목의 입구에는 주위와는 어울리지 않는 구식 석조 건물의 교회가 있다. 그 교회의 담벼락에는 한 가닥 남은 라일락 가지가 드리워져 연명하고 있는데, 그것은 매년 2월을 넘길 때마다 구부러진 노파의 등줄기마냥 지나다니는 통행자들에게 처량하게 눈동냥을 하고 있는 듯이 보였다. …(중략)… 그것은 5월로 접어들어 연보라색 라일락꽃 한 무더기를 성큼 피워냈고, 나는 그럴 때마다, 왠지 내 자신이 수치스러워져서 그 향기와 아름다움으로부터 멀찍이 떨어지곤 했다. 그러고는 밤새 토악질을 해대는 행인들의 꼬락서니를 내려다보았을 것이며, 심지어는 도시 부랑자들의 피 튀기는 살벌한 사건까지 묵묵히 감당했을 그 교회의 담벼락과 라일락 꽃나무를 잊어버리기 위해 공연히 애를 쓰기도 했다. 그러나 나는 그곳을 통과해야만 했고, 그것을 보고 어김없이 씁쓸해지는가 하면 우울증에 걸려들기도 하지만 그 골목통을 지나는 것은 하나의 행사처럼 나에게는 대단히 역겨우면서도 꼼짝없이 치러 내야 하는 하루하루의 일이 되어버렸다.

—〈광장으로 가는 길〉

언제 어디에서나 내 소설의 시작은 바로 그곳, 광화문 시절의 문학사상사, 적선동 현대빌딩 8층의 책상임을 나는 고백해왔다. 그리고 나를 전율과 함께 소설로 이끌어준 스승은 바로 그곳에서 만난 당대의 한국 작가들의 소설들, 시와 비평들, 특히 김윤식 선생의 월평임을 또한 밝혀왔다.

1989년 10월인가, 8층 엘리베이터 옆 복도에서 자동판매기의 종이커피를 함께 마시며 이야기를 나눴던 기형도 시인의 까만 눈동자와 부드러운 표정은 아직도 자주 꾸는 꿈의 장면처럼 익숙하고도 낯설게 되살아난다. 그는 그날 〈겨울 판화〉 연작 중의 두 편, 〈바람의 집〉과 〈삼촌의 죽음〉을 나에게 건네주었고, 곧 그가 시에서 말한 것처럼 무섭고 추운 겨울이 왔다. 그리고 몹시 어두웠던 봄날 아침 거짓말 같은 그의 죽음 소식을 들었다. 나는 시인과 함께 서서 커피를 마셨던 그 엘리베이터 옆 복도를 지나 곧바로 화장실로 뛰어들어가 구토를 했다. 무서웠다. 그리고 그 무서움은 이후 그리움이 되었다. 아, 그 날들, 그 순간이 방금 앉았다 일어난 의자의 온기와 미세한 떨림처럼 내 기억을 감싸며 흔든다. 나는 고개를 가만히 기울인다. 바람이 귓불을 간질인다. 그래, 내 귀에는 아직도 들린다. 저 소리 없이 흐르는 환청의 울음.

내 유년 시절 바람이 문풍지를 더듬던 동지의 밤이면 어머니는 내 머리를 당신 무릎에 뉘고 무딘 칼끝으로 시퍼런 무를 깎아주시곤 하였다. 어머니 무서워요. 저 울음소리, 어머니조차 무서워요. 애야, 그것은 네 속에서 울리는 소리란다. 네가 크면 너는 이 겨울을 그리워하기 위해 더 큰 소리로 울어야 한다.

—기형도, 〈바람의 집—겨울 판화 1〉

2006년 5월 7일 오후 5시, 광화문 네거리 지하도 입구 계단

등 뒤가 소란하다. 아니 사방이 요란하다. 거리에 나부끼는 색색의 깃발들과 얇은 종잇조각들은 축제를 알리고 있다. 내가 눈에 보이는 것보다 보이지 않게 된 것들에 사로잡혀 있는 동안, 거리는 일주일 동안 지속된 축제의 마지막 순간을 향해가고 있는 것이다. 축제는 계속되어야 한다고 외친 것은 시인 자크 프레베르였다. 그렇다. 축제는 계속되어야 한다. 난장에서도, 전장戰場에서도, 광장에서도, 골방에서도, 축제는 주욱 계속되어야 하는 것이다.

광화문 네거리, 지하도 계단 입구에 붙박여 있던 발을 내려다본다. 손에 들린 커다란 여행용 트렁크로 눈을 돌린다. 그렇다. 나에게도 축제가 있었다. 공식 명칭은 '2006 서울, 젊은 작가들.' 서울에서 최초로 열리는 세계 젊은 작가 축제라고 했다. 열다섯 개나라 열다섯 명의 시인과 작가가 한국의 젊은 시인, 작가 스무 명과 함께 일주일 동안 서울과 영주 부석사 등지를 오가며 '새로움'이라는 화두를 가슴에 품고 동고동락한다고 했다. 이 밤낮 없는 어울림을 축제라 부른다고 했고, 나는 기꺼이 이 축제를 위해 시속 3백킬로미터의 초고속 열차를 타고 막 서울로 여행을 온 것이었다.

나는 여행이란 말 대신 공간 이동이라는 표현을 쓴다. '여기가 아니라면 그 어디라도'라는 보들레르의 시 제목을 빌려 쓰기도 한다. 현실은 처참한 글 감옥에 갇혀 있다 하더라도 마음은 언제라도 떠날 준비가 되어 있다. 이런 나에게 지인들은 '바람처럼'이라는 별명을 붙여주고는, 만나면 인사 대신 지금 어디에서 오는 길인가를 먼저 묻곤 했다. 별명이든 본명이든 이름이란 불릴수록 고착화(운명화)되는 속성이 있다. 내 '바람벽'은 경주와 일산, 일산과 파리를 오가던 1997~1998년을 기점으로 2004년까지 뚜렷해졌다. 그리고 급기야는 부산으로, 바람이 일러준 대로 커다란 여행 가방 같은 내 삶을 지고 바닷가로 옮겨가고 말았다.

그런데 가만히 돌이켜보면, 이 고요한 듯 거대한 방랑벽의 기원은 이 거리, 광화문 네거리를 배회하던 시절로 거슬러 올라간다. 그러니까 처음 나에게 소설이 다가와 말을 걸던 시절이다. 나는 독일의 문예 비평가 발터 벤야민이 파리의 산보자(flâneur)들, 특히 이방인의 시인 보들레르의 이리저리 떠도는 도시의 만보객들을 발견한 것처럼(《아케이드 프로젝트》), 나는 이 거리, 여름 밤 안개 낀 광화문 대로, 또는 겨울 오후 진눈깨비 내리는 뒷골목을 떠돌아다니는 도시의 단독자들을 발견했고, 그들은 곧 내 소설 속에 깊숙이 틀어박혔다.

거리엔 잎사귀 하나 남아 있지 않았다. 나무들이 검게 늘어서 있었다. 그것들은 올곧게 핵심을 드러내어 근원을 느끼게 했다. 나는 정결한 나체의 남성을 대하듯 그것들 사이를 지나며 몇 차례나 몸을 떨었다. 오늘 날씨 죽여주게 좋군. 장이 말을 건넸다. 나는 그 말이 맘에 들었다. 나는 추억을 떠올리고 싶은 욕구를 가만히 눌렀다. 저 나뭇가지들을 보세요. 나는 우리가 걸어가는 머리 위와 하늘 사이로 벌려 있는 나무들을 장에게 손가락으로 가리켜보였다. 자주 여기가 그리워요. 장이 힐끔 나를 넘겨보았다. 그 말을 하고 나니, 나를 좀 자주 여기로 불러주세요, 라고 말하고 싶은 나 자신을 보았다. 저기도 나의 거리였죠. 겨울밤엔 검은 가지들 사이로 안개가 끼곤 했죠. 장과 나는 다시 한차례 지하도를 건너 국립문화회관 앞 버스 정류장까지 걸어갔다. 그 짧은 거리를 위해 나는 외출을 했는지도 모른다는 생각을 했다.

—〈오래된 항아리〉

2006년 5월 8일 월요일 오전 9시, 덕수궁 돌담길

나는 시청 앞 광장을 지나 덕수궁 돌담길을 걸어간다. 혼자 가는 길이 아니다. 오른쪽 옆에는 후배 소설가 윤성희가, 또 왼쪽에는 이명랑이 함께 걷고 있다. 그리고 몇 발작 앞에는 헝가리에서 온 소설가 드러고만 죄르지와 한국 소설가 이만교, 그리고 프랑스 소설가 조엘 에글로프가 걸어가고 있다. 뒤를 돌아보니, 폴란드에서 온 올가 토카르축과 한국 소설가 한강, 스웨덴 작가 레나 안데르손이, 그리고 그 뒤에는 아르헨티나에서 태어난 지 넉 달 된 딸과 아내를 데리고 온 마르셀로 비르마헤르가 걸어오고 있다. 얼추 40여 명. 30대 중반에서 40대 초의 다양한 국적의 젊은 작가들이 둘씩 셋씩 행렬을 이루며 앞서거니 뒤서거니 모두 한 방향으로 걸어가고 있다.

오전 열 시, 참여 작가들의 책을 선보이는 도서전과 '새로움'에 대한 조별 세션 발표가 예정되어 있다. 이 발표를 위해 각자 문학 에세이를 쓴 바 있다. 이 에세이를 토대로 조가 이루어졌고, 나는 첫번째 조 세션의 사회를 맡기로 되어 있다. 여섯 명의 작가들이 세 시간 동안 '새로움'이라는 과제를 놓고 대화하는 데 무리 없는 진행을 해야 한다. 어떤 준비가 필요한 것일까. 어제 부산발 서울행 초고속 열차에 앉아, 또 광화문 네거리 지하도 계단 입구에 서서 잠시 생각을 정리해보려고 했었다. 그러나 번번이 생각은 물거품처럼 부서지고 산소처럼 가벼워져 아무것도 남지 않았다.

무엇이 필요한가. 아무것도. 생래적으로 나는 정형定形에 대한 거부감이 있다. 지금까지 여섯 권의 소설집을 내도록 나는 단 한 편도 처음과 끝을 예상하고 쓴 적이 없다. 다만 시작이 있을 뿐이었다. 시작을 위한 기나긴 방황과 갈등 이후에 오는 중간과 끝의 고투는 고통이라기보다 차라리 황홀경이었다. 소설(창작)과 마찬가지로 이 축제는 처음부터 끝까지 형식을 최소화한, 미정형의 어떤 것이어야 한다. 처음의 어색함과 소심함, 탐색 과정을 통한 교감과 어울림. 미리 틀(플롯)을 정해 놓고, 그 길로 똑바로 나아가는 창작 방식을 나는 좋아하지 않는다. 누구도 끝을 알 수 없는, 한 편의 미지의 소설을 향해 길을 떠나는, 떠나는 중에 하나의 흐름이 이루어지는 것을 나는 최고의 미덕으로 여긴다.

그러니 세션 발표 직전까지 내가 할 수 있는 일은 한 발짝 앞서 걸어가는 헝가리 출신의 소설가 드러고만 죄르지의 청회색 눈동자와 짐짓 무뚝뚝한 듯한 표정, 씩씩한 발걸음의 진실을 조금이라도 감지하는 것. 그리고 이미 서울에 오기 전에 여러 차례 이메일로 대화를 나누었던 프랑스 작가 조엘 에글로프의 육성과 함께 그의 소설들(《장의사 강그리옹》,《해를 본 사람들》)이 감지하고 있는 명료하면서도 은근한 유머의 연원을 헤아려보는 것.

아침 아홉 시의 덕수궁 돌담길. 과연 나는 서울로 여행을 온 것임을 실감한다. 작가들의 행렬 이외에 도시의 직장인들은 눈에 띄지 않는다. 방금 전 지하철 시청역을 지나올 때는 뛰듯이 걸어가는 직장인들과 어깨를 부딪치기도 했다. 서울시립미술관을 에돌아 정동교회를 지나면서 발걸음을 빨리 해 이만교와 나란히 걷고 있는 드러고만 죄르지에게 다가간다.

서른두 살의 그는 루마니아에서 태어나 헝가리로 옮겨온 작가로 부다페스트에서 대학을 나왔고, 그곳에서 두 편의 장편소설(《파괴의 책》,《창백한 왕》)을 발표해 촉망받는 소설가이자 영어 번역자로 활동하고 있다. 영문학 전공자로 그는 영어를 무난하게 구사했는데, 낱말 앞부분에 강세가 오는 헝가리어 특성이 그대로 녹아 있어서인지, 신경을 집중해서 듣지 않으면 그의 입에서 빠르게 튀어나오는 말이 영어인지 분간하기 힘들다.

형식면에서는 실험적인 기법을 취하지만 내용은 동유럽 공산주의 독재 정권 아래의 삶을 소설로 그리고 있다고 밝힌 드러고만은 얼핏 보면 대학을 갓 졸업한 청년의 모습인데, 이미 열여섯 살 때 만난 첫사랑과 스물한 살 때 결혼해 두 아이를 둔 가장이다. 헝가리는 세계에서도 이혼율이 높기로 유명한데, 그는 아직도 아내와 연애편지를 주고받으며 연애감정에서 필수적인 호기심과 긴

장감을 지키고 있다고 당당하게 말한다. 옆에서 걷던 《결혼은 미친 짓이다》로 2000년대 한국의 결혼 풍속도를 발칙하게 뒤흔들어 놓았던 이만교가 고개를 절래절래 젓는다. 그게 어떻게 가능하지?

드러고만과 마주치면 나는 하나 아닌 여러 얼굴, 여러 영상이 떠오른다. 나는 그가 첫 소설을 발표하던 2002년, 그의 도시 부다페스트에 갔었다. 동유럽의 강들이 백년만의 대홍수로 범람했고, 나는 베를린에서 시작해서 드레스덴, 프라하, 빈, 부다페스트로 이어지는 여정을 불가피하게 포기하거나 우회해야 했는데, 부다페스트로의 진입은 우여곡절 끝에 성공했었다. 그때 내 가방 속에는 헝가리의 걸출한 문예 이론가 루카치의 《소설의 이론》이 들어 있었고, 롤프 슈벨 감독의 〈글루미 선데이〉의 치명적인 멜로디가 폐부 깊숙이 내장되어 있었다.

시청 앞을 지나 덕수궁 돌담길로 이어진 우리의 행렬이 목적지에 가까워지도록 나는 한국 문학에서 루카치가 얼마나 대접을 받고 있는지, 또 〈글루미 선데이〉가 내 소설(《아주 사소한 중독》) 속에 어떻게 녹아들어 있는지, 루카치의 족적을 따라 호텔이 있던 부다 언덕을 내려와 페스트 지역의 대학가를 순례하면서 목격했던 적나라한 파괴의 흔적들(피부병을 앓듯 벽마다 뜯겨지고 허물이 벗겨진 채 서있는 건물들은 폐허를 연상시켰다!), 그리고 결정적으로 부다페스트에서 돌아와 그곳을 배경으로 단편(〈부다페스트에서 순이는〉)을 쓰기까지 했다는 사실을 말하지 않는다. 다만, 우리가 걸어온 덕수궁 돌담길을 홀연히 돌아볼 뿐이다. 내가 돌아보니, 그도 돌아본다. 무엇이, 무슨 말이 더 필요한가.

나는 잠시 잠자코 있다가 부다페스트에 다뉴브 강이 있다면, 서울에는 한강이 있다고 그에게 말해준다. 드러고만의 청회색 눈동자가 5월 햇살에 수정처럼 빛난다. 무뚝뚝한 듯한 표정에 가려지기 쉬운 순정함을 나는 놓치지 않는다. 드러고만과 함께 나는 횡단보도 앞에 멈춰 서서 신호가 바뀌기를 기다린다. 일부 앞서 걸어간 일행들은 이미 횡단보도를 건너 길 건너편에 있다. 소설가 한강이 스웨덴에서 온 레나 안데르손과 마지막 발걸음을 마치고 옆에 선다. 드러고만과 한강이 눈인사를 나누는 사이 방금 내가 말해준 한강을 그가 기억하는지 싱겁게 생각해본다. 그러면서 동시에 한강처럼, 그러니까 바다처럼 넓은 부다페스트의 다뉴브 강을 떠올린다.

그녀, 순이가 부다페스트의 K호텔에 도착한 것은 자정이 가까운 깊은 밤이었다. 택시가 그녀를 내려준 곳은 돌사자 상이 버티고 있는 다리 옆이었다. 내려서 보니 다리의 규모가 엄청나게 컸고, 그 아래로 강물이 도시를 삼켜버릴 듯 위협적으로 흘러가고 있었다. 가로등이 있었으나 군데군데 꺼져 방향을 판단할 수가 없었다. 도시 전체가 어두컴컴했다. 제법 시원한 바람이 불어오고 있었다. 꽤 늦은 시각임에도 사람들은 다리 앞을 지나 강 아래쪽으로 걸어내려가고 있었다.

─〈부다페스트에서 순이는〉

2006년 5월 9일 수요일 오후 6시, 영주 부석사

부석사 올라가는 길, 산야에 눈처럼 하얗게 사과꽃이 피어 있다. 엊그제가 부처님 오신 날이었다. 몇 년 전인가. 이제 열세 살이 된 아이가 내 허리춤에 매달리던 때이니, 7, 8년 전쯤이다. 부석사 마당은 온통 연꽃 세상이었다. 나무 그늘 대신 연등 붉은 그늘 아래 아이와 앉아 사진을 찍었었다. 그 사진을 볼 때면 가슴이 먹먹해진다. 그 먹먹한 가슴으로 나는 한 편의 소설을 빚었었다. 쓴 것이 아니라, 바느질을 하듯, 삶을 꿰매듯 상처를 어루만지고 구원을 아니 정화淨化를 빌었었다. 그즈음 나는 처음으로 내 안의 샤먼을 느꼈었다. 아니 나를 포함한 저마다의 샤먼을 깨달았었다. 경주에 머물면서 포항의 오어사와 송라의 보경사, 영주의 부석사와 청도의 운문사, 양산의 내원사와 통도사들을 수시로 찾아 들었었다. 그 도정 끝에 중편 〈당신의 물고기〉가 나온 것이다.

중편 〈당신의 물고기〉의 두 주인공 중 한 사람의 이름은 선묘이다. 부석사와 인연이 깊은 이름이다. 일상적인 이름이 아님을 또 한 명의 주인공이 지적하자 선묘는 남의 이야기를 들려주듯 자신의 이름에 얽힌 사연을 말해준다. 옛날에 그녀의 아버지가(절간 보수는 물론 벗겨진 탱화 칠을 하기도 하던 칠쟁이) 부석사 말사에서 그녀의 어머니를 만나 낙산사에서 그녀를 낳았는데 거기서 전해오는 얘기를 듣고는 이름을 선묘라고 지었다는 것이다. 선묘와 의상의 사랑 이야기가 전해지는 무량수전 뒤편의 뜬 돌[浮石]을 보기 위해 혼자 걸음을 재촉한다. 사과꽃에 취해서인지, 청량리에서 중앙선 기차를 타고 내려오는 동안 산야를 깨끗이 정화시켜준 비의 여운에 취해서인지 내 마음과는 다르게 작가들은 더디게 발걸음을 뗀다.

이상하게도 누구든, 부석사에 오면 처음 절 입구인 천왕문을 지나 대석단 위 범종각과 안양루의 석축을 밟고 무량수전 앞마당에 올라서면 대부분 홀린 듯 올라선 그대로 왼편으로 걸음을 옮겨 정작 부석사의 보물인 무량수전을 등지고 한동안 마당가에 서있다. 해지는 쪽, 겹겹이 펼쳐진 소백산맥의 능선들과 오래 마주한 뒤에야 돌아서서 무량수전의 자태를 감상하고, 계단을 밟고 올라가 부처님께 합장하고, 조심조심 오른편으로 걸어가 배흘림기둥을 확인하고 감상한다. 그러고는 천천히 계단을 밟고 내려와 또다시 해지는 쪽으로 자석처럼 끌려가 서있는데, 그때 범종각에서 북이 울리고, 이어 신범각에서 종이 울린다.

선묘각에 올라가 합장하고 내려와 바위에 새겨진 '浮石' 이라는 글자와 마주하고 서자, 고양이 한 마리가 산비탈을 내려와 나에게 다가온다. 나는 환각인가. 눈을 비비고 고양이의 존재를 확인한다. 분명 살아 있는 생명이다. 노란 줄이 쳐진, 어릴 적 집에서 키운 적이 있는 한국 토종 고양이이다. 고양이는 마치 나를 만나러 온 것인 양 반갑게 내 발등에 등을 부비며 몸을 궁글리더니 내 다리에 감긴다.

나도 모르게 주저앉아 고양이의 이마를 쓰다듬어준다. 고양이는 마치 내가 제 어미라도 되는 듯이 내 무릎에 껑충 올라오려고 한다. 독일에서 온 소설가 알리사 발저와 그녀의 남편이 어느새

다가와 있다. 나와 고양이의 정다운 한때를 미소를 지으며 내려다 보던 그녀의 남편이 고양이가 심하게 내 품으로 파고들려고 하자 심상치 않은 기운을 느꼈는지 고양이를 나에게서 떼어놓으려고 한다. 그러자 고양이가 순간 사나운 발톱을 세운다. 나뭇가지로 고양이를 겨우 떼어놓고 일어선다. '이 도대체 무엇인가', 느닷없 는 화두를 받은 얼떨떨한 기분이다.

천운영이 고양이를 보고 다가오자 (그녀는 고양이와 함께 살고 있는 것으로 안다), 이번에는 천운영에게 안기면서 그녀의 치맛자 락에 매달린다. 이번에는 루마니아에서 온 젊은 시인 콜라우디오 코마르틴이 그녀로부터 고양이를 떼어놓는다. 고양이는 어디에 서 왔는지, 왜 나에게 또 천운영에게(주로 여자에게만) 안기는지, 골똘하게 생각하지 않기로 한다.

천운영의 검은 치마에 남은 고양이의 노란 털을 한 가닥 떼어 가만히 손에 쥐고 발길을 돌린다. 어느덧 마당가에 작가들이 일 제히 서쪽 하늘을 향해 모여 서있다. 부석사에 오를 때 하늘을 뒤 덮고 있던 구름이 걷히고, 구름 밑으로 빛줄기가 폭우처럼 쏟아 져내리는 듯하더니, 이내 구름은 성큼 하늘로 오르고 석양이 모 습을 드러낸다. 저 석양은 어디에서 온 것인가. 아니, 어디로 가 고 있는가. 그 또한 골몰할 일이 아니다. 마음을 비우는 순간, 북 이 울린다. 길게 한번 또 한번, 그리고 또 한번. 북소리가 사방을 뒤흔든다.

마당가에 꼼짝 않고 서있던 발걸음이 하나 둘 한 방향으로, 북 소리를 따라 움직이기 시작한다. 북소리는 때로 불을 닮아 있다.

번개를 닮아 있다. 그러다 졸졸 흐르는 시냇물 소리를 닮아 있기도 한다. 그러는 사이 마당가는 텅 비어 있다. 해는 이미 산을 넘어갔다. 북소리도 어느덧 잠들었다. 찰나적인 침묵이 우리를 구원한다.

어둠이 내리는 텅 빈 마당가에 나는 혼자 서있다. 석축을 밟고 내려가려는 순간 텅 빈 마당이 천 개의 면을 가진 고원高原처럼 아뜩해진다. 나무아미타불 관세음보살. 나도 모르게 합장을 한다. 어느새 종이 울리고 있다. 깊게 한번, 또 한번, 그리고 또 한번……. 나무아미타불 관세음보살.

리버풀 스트로베리(2005). ⓒ 함정임.

내 공간 속 미지 여행

내 방을 벗어나 조금 걸을 수 있거나 전철이나 버스 정도를 타고 움직일 마음이 있다면 내가 살고 있는 공간으로의 여행은 어떨까. 내가 몸담고 있는 도시의 지도를 펼쳐놓고 그동안 간간이 별렀지만 생업에 밀려 돌아서면서 잊어버리곤 했던 내 생활 속 미지의 장소를 찾아가는 것. 이 또한 아주 소박하고도 멋진 여행이 되지 않을까?

사랑의 약속

요사의 경우

이런 사랑이 있다. 한 남자가 있었다. 첫눈에 반한 여자가 있었다. 그와 같은 대학의 여학생이었다. 물론 그녀는 아름다웠다. 애석하게도 그녀에게는 이미 애인이 있었다. 그는 사랑을 거절당하자 다니던 공대를 그만두고 미국행 비행기를 타고 보스턴으로 갔다. 갈기갈기 찢어진 마음과 될 대로 되라는 자포자기 상태였다. 낯선 도시, 혹독한 생활의 연속이었다.

구원자를 만났다. 자신을 이해해주는 미국인 여성을 만난 것이었다. 그는 전문의인 그녀와 새로운 인생을 시작했다. 행복했다. 평범한 가족이 누리는 행복이었다. 그는 열심히 일했고, 운도 좋았다. 매사추세츠 주의 전선 제조회사에서 시작해서 기술자로 경영자로 커다란 성공을 거두었다. 급기야 MIT로부터 학장 자리를 제안받았다. 개인적인 성공과 더불어 조국 칠레를 위해 무엇인가 할 수 있는 자리였다. 그 대학의 재학생 중 1/3이 히스패닉(그와 동족인 라틴아메리카계)이었다.

미시시피의 옥스퍼드로 가기 위해 보스턴을 떠나기 전 그는 일주일의 휴가 계획을 세웠다. 이상적인 일주일을 생각했다. 저축해 놓은 돈이 60만 달러, 그중 1/6인 10만 달러를 쓰는 것. 그는 평생 휴가라는 것을 몰랐고, 앞으로도 그럴 것이었다. 이 한 번의 경우를 제외하고. 평생 단 한 번의 휴가란, 바로 10년 전 그를 거절했던 첫사랑과의 일주일의 휴가를 제안하는 것! 그녀가 아니었으면, 현재의 그의 행복, 그의 성공은 불가능했을 터. 그의 계획대로라면 그는 보스턴에서, 그녀는 리마에서 비행기를 타고 와서 뉴욕의 케네디 공항에서 만나는 것이다. 그리고 평생의 단 한 번, 이상적인 일주일 휴가를 보내는 것이었다. 첫사랑의 그녀는 그의 제안을 받아들일까?

나라면, 이 이야기를 읽고 있는 당신이라면 어떨까? 어떤 사람은 지금 그녀와 동일한 제안을 받았을 수 있고, 헤어진 지 일년 혹은 5년, 아니 20년 만에 첫사랑의 제안을 받을 수도 있다. 왜 없겠는가? 현실이든 허구든, 그것은 되풀이되는 일상을 새롭게 변화시키는 기폭제가 될 수 있다. 이 경우, 나는, 아니 당신은 어떻게 하겠는가?

이 이야기는 얼마 전 한국어로 번역되어 출간된 마리오 바르가스 요사의 《리고베르토씨의 비밀노트》라는 소설 속에 액자처럼 박혀 있다. 요사는 현대 스페인어권 소설문학을 대표하는 작가로 정치, 역사, 성을 능란하고도 장대하게 부릴 줄 아는 이야기꾼으로 통한다. 《리고베르토씨의 비밀노트》는 특히 요사 소설문학에서 인간의 쾌락에 대한 백과사전이라고 불릴 정도로 에로티시즘의 정수로 꼽히는데, 진실과 허구를 둘러싼 다채로운 감정의 소용돌이 속에 사랑이라는 화두를 끝까지 밀고 나간다.

다시 소설 속으로 돌아와 그녀는 그의 제안을 받아들인다. 그의 이름은 모데스토, 그녀의 이름은 루크레시아, 소설의 주인공 리고베르토 씨가 그녀의 남편이다. 인간의 성적 욕망을 정교하게 채록하는 우리의 별난 주인공 리고베르토 씨의 야릇한 지지 덕분에 우리는 '이상적인 일주일'이란 것이 무엇인지 엿볼 수 있게 된 것이다.

과거 일방적으로 사랑을 고백하고 사라졌던 남자, 모데스토의 제안이란 것은 이렇다. 뉴욕 케네디 공항에서 둘은 만난다. 리무진이 그들을 마중 나와 플라자호텔 스위트룸으로 안내한다. 방은 이미 예약되어 있다. 향기로운 꽃으로 방을 가득 채워놓고, 쉴 시간도 충분하다. 메트로폴리탄 극장에서 푸치니의 〈토스카〉를 감상하고, '르 시르크'에서 저녁식사를 할 것이다. 운이 좋다면 믹 제거, 헨리 키신저, 샤론 스톤과 인사를 나눌 것이다.

다음날 정오, 파리행 콩코드 비행기가 출발한다. 파리의 심장

방돔 광장의 리츠호텔에 방을 잡고 센 강에 놓인 다리들을 천천히 산책한다. 10월의 초저녁 센 강 좌안의 명소 생제르맹 거리까지 거닐며 파리의 아름다운 광경을 음미한다. 생제르맹 데프레 대성당에서 모차르트의 미완성 〈레퀴엠〉을 감상하고, '세립'이라는 호프집에서 저녁을 먹는다. 상쾌한 월요일을 위해 바나 클럽에 가지 않고 편안한 휴식의 시간을 갖는다.

날이 밝으면 루브르에 가서 레오나르도 다빈치의 〈라 조콘다〉에게 경의를 표하고, 점심은 몽파르나스의 '라 쿠폴'에서 간단한 점심을 한다. 오후에는 퐁피두 센터에서 아방가르드 예술을 순례하고, 18세기 저택들이 즐비한 마레 지구로 발길을 옮긴다. 저녁 프로그램은 좀 야하다. 리츠호텔 바에서 목을 살짝 축이고, 현대적 장식의 '막심'에서 저녁을 먹는다. 축제의 대미는 '스트립쇼'. '크레이지 호스 살롱'이다.

화요일 아침, 뉴욕의 리무진보다는 작아도 훨씬 우아하고 운전사에 안내인까지 딸린 리무진이 베르사유로 안내한다. 저녁엔 호텔 근처 포부르생토노레에서 쇼핑을 하고, 베르디의 오페라 〈오델로〉를 본다. 그리고 레스토랑 '라 투르 다르장'에서 진짜 파리의 저녁식사를 즐긴다.

수요일, 정오. 생라자르 역에서 베네치아행 오리엔트 특급을 탄다. 기차여행은 여행 중의 으뜸, 휴식의 파노라마이다. 차창 밖으로 프랑스 독일 오스트리아 이탈리아 풍경을 감상한다. 애거서 크리스티의 《오리엔트 특급 살인사건》을 가져간다. 추리 소설에서처럼 양초를 밝히고 기차 식탁에서 저녁식사를 한다. 드디어 베네치아. 지우데카 섬에 위치한 시프리아니호텔의 스위트룸에 예약이 되어 있다. 창밖으로 대운하와 산마르코 광장과 비잔틴 양식의 둥근 교회 탑들이 보인다.

목요일 아침, 곤돌라 여행. 교회와 광장, 수도원과 다리, 박물관들을 둘러본다. 정오에는 산마르코의 플로리안 광장에서 비둘기와 관광객들에 둘러싸여 이탈리안 점심을 먹는다. 저녁은 하리즈 바, 헤밍웨이의 소설로 불후의 명소가 된 곳이다.

금요일, 베네치아 여행은 계속된다. 토마스 만의 소설 〈베네치아에서 죽다〉의 배경이자 베네치아 영화제의 무대인 리도 섬을 방문하고, 유리 제국인 무라노 섬을 탐험한다. 저녁에는 산조르지오 섬에서 이무지치의 베네티 공연을 관람한다. 베네치아 등대의 불빛이 반짝이고, 구름 한 점 없는 밤이다. 날이 밝으면 작별의 날이다.

아침 일곱 시, 파리행 비행기가 기다린다. 뉴욕행 콩코드기를 타려면 그것을 놓치면 안 된다. 그들이 대서양 위를 날 때 기억에 남는 장면과 느낌을 일일이 서로 대조해본다. 케네디 공항에는 리마행 비행기와 보스턴행 비행기가 거의 동시에 출발한다. 그리고 그들은 틀림없이, 두 번 다시는 만나지 못할 것이다.

당신은 오겠는가? 모데스토의 물음은 루크레시아에게만 해당되는 것은 아니다. 나는, 당신은 가겠는가? 그는 제안을 하면서도 동시에 해제를 한다. 답장할 필요는 없다는 것. 오든 안 오든 그는 (일방적이지만) 약속 장소에 나가 있을 것이라는 것. 오지 않으면,

혼자서라도 예정대로 움직일 것이라는 것. 함께 있다고 생각하고, 몇 년 동안 위안거리로 삼아온 계획을 실행할 것이라는 것. 그의 사랑을 거절함으로써 인생을 바꾸어놓은 한 여인을, 기억 한가운데에서 생생하게 살아남을 그 여인을 생각하면서……

J의 경우

공교롭게도, 내가 이 소설을 접할 무렵, 내 주변에도 동일한 '사건'이 발생했다. 소설가 J의 경우다. 어느 날 그녀는 한 통의 이메일을 받았다. 대학시절에 만났던 남자 친구로부터 15년 만에 편지가 온 것이었다. 그에게 그녀는 첫사랑이었다. 그녀 역시 사랑하는 남자 친구가 있었다. 다만 정신적 사랑의 대상이었다. 그녀는 그를 이성 친구 이상으로 생각하지 않았다. 그는 첫사랑과 결혼해야 한다는 순정을 넘어선 강한 신념을 가지고 있었다. 그것이 결정적인 요인은 아니었지만, 그녀는 그의 청혼을 거절했다.

그녀는 대학 졸업 후 소설가로 데뷔했고, 그는 평생 지켜보겠다는 말과 함께 그녀의 데뷔를 축하했다. 그는 그녀를 잊기 위해, 아니 자신의 말을 지키기 위해 더욱 전공에 매진했다. 일찍 국제회계사가 되었고, 보다 넓은 무대로 떠났다. 그가 여기에 없는 동안, 그녀는 문운을 펼쳤고, 결혼을 했고, 행복했다. 짧은 행복이었다. 그는 돌아와 남편과 사별했다는 그녀의 근황을 알게 되었다. 그는 내면 깊숙이 간직했던 꿈이 있었다. 아니 그녀에게 했던 약속, 그러나 그녀가 떠나가면서 지키지 못했던 약속을 여전히 간직하고 있었다.

그녀의 마지막 책이 나왔을 때, 그는 그녀에게 만나자는 편지를 보냈다. 별것 아니었다. 밥을 먹자는 것이었다. 그러나 그 편지를 보내기까지 그는 4년을 준비했다. 예전에 그녀는 밥을 너무 안 먹었다. 그것이 그의 마음을 아프게 했고, 그녀의 불행한 소식을 듣자마자 제일 먼저 그의 가슴을 찌른 것도 바로 그 사실이었다. 그의 편지 말미에 밥 먹자는 약속 시간과 장소가 정해져 있었다.

그녀는 망설였다. 그녀가 의논할 상대는 없었다. 그것보다는, 그녀는 두려웠다. 그는 그녀에게 오래전에 흘려보낸 자기 연민과 자포자기를 다시 불러일으켰다. 그녀는 은근히 화가 나기도 했다. 이제 와서 만나 무얼 하자는 것인가? 사족이 아닌가. 한편으로 그녀는 그를 만날 생각도 했다. 만남으로써 갇혀 있는 오랜 연정을 우정으로 바꾸자. 그래, 오히려 기회다!

살다보면, 사랑을 잊어버리고, 또 사랑을 잃어버리기도 한다. 사랑은 그런 것이다. 잊고, 또 잃어버리기도 하는 것이다. 그러다가 문득, 한 장의 편지처럼, 한 문장의 고백처럼, 드물게 빠져든 낮 꿈의 환각처럼, 홀연히 우리의 일상 속으로 날아들기도 한다. 소설 속 루크레시아는 모데스토와 이상적 일주일을 보내고 무사히 남편 리고베르토 씨 곁으로 돌아왔다. 그녀가 약속 장소에 나간 것은 리고베르토 씨의 이기적인 질투심 때문이었다. 그녀는 모데스토를 충족시키면서 동시에 순결을 지켰고, 리고베르토 씨는 질투라는 모험을 걸고 사랑을 쟁취했다.

그러나 이 게임의 승자는 리고베르토 씨가 아니다. 사랑에는 절대적으로 배려가 필요하다. 일방적 사랑의 상대일수록 더 필요한 것이다. 적어도 우리가 인간임을 인식하고, 인간의 가치를 추구하는 괜찮은 인생들이라면 말이다.

J는 그와 밥을 먹었다. J의 눈빛은 그 어느 때보다도 온화하면서도 강렬했다. 자존심의 한 표현이었다. 그는 안심했고, 한편으로 여전히 굳건한 그녀에게 서운했다. 지금쯤 그에게 잠시 어깨를 빌릴 수도 있지 않은가. 그는 J가 기억하지 못하는 약속, 그 자리를 마련하게 했던 약속을 얘기했다. 모데스토가 제안한 이상적 일주일과 비교할 수 없을 정도로 내용은 소박했지만, 진정이 느껴졌다.

그의 말에 따르면 J는 15년 전 그와 길을 걷다가 자동차숍의 쇼윈도 앞에 멈춰 섰었다. 자주색 신차가 전시되어 있었다. 그는 5년만 기다려달라고 했다. 국제 회계사가 되어 그녀에게 똑같은 자동차를 선물하겠다고 약속했다. J는 그것을 전혀 기억하지 못했다. 그는 헤어지기 전에 심호흡 끝에 순간적으로 J의 볼을 한번 만졌다. 그의 눈가에 물기가 스친 듯했다. 그녀는 모른 척했고, 그는 '10년 후'라는 말을 조그맣게 흘리고, 뒤도 돌아보지 않고 어둠 속을 내처 걸어갔다. J는 이번만은 그 약속을 잊고 싶지 않았다. 살다 보면 때로 어두운 하늘을 환히 비추는 달빛만으로도 황홀해지는 순간이 있었다. 그날 밤, J에게처럼.

소년을 기다리며

오늘도 소년은 녹슨 철길 위에 서있다

스물다섯 살 무렵, 기차를 좋아하던 나는 자주 기차역 플랫폼에 서있는 꿈을 꾸곤 했다. 한 소년이 녹슨 철길을 바라보고 서있었다. 소년과 나는 백보 정도 거리를 두고 떨어져 있었다. 그는 언제나 빛을 안고 있었고, 나는 그런 그의 등만을 바라볼 뿐이었다. 가까이 가보면 그는 소년이 아닐지도 몰랐다. 그러나 백보의 거리에서 바라보는 그는 소년의 몸, 소년의 뒷모습을 띠고 있었다. 첫눈에, 심장이 멎을 정도로 위태로워보였고, 그것이 그렇게도 매혹적이었다. 그가 바라보는 철길은 끝을 알 수 없었다. 쏟아지는 빛이 강렬하기도 했지만, 그의 등이 너무 검기도 했다.

어느 날 소년이 나를 향해 돌아섰는데, 머리가 녹색이었다. 소년은 암호처럼 흰 종이를 한 장 건네주고 떠났는데 거기에는, 철도는 빵공장으로 통한다고 적혀 있었다. 나는 빵 냄새가 그리울 때면 소년이 하던 대로 녹슨 철도를 바라보고 서있곤 했다. 하루 이틀 사흘 나흘, 소년은 나타나지 않았다. 사방 어디로도 빵공장의 굴뚝은 보이지 않았다.

녹슨 철길 위에서 시간은 정지된다

소년은, 베케트 연극의 '고도'처럼, 도무지 모습을 드러내지 않았다. 소년은 누구인가, 무엇인가. 나는 혼란에 빠졌다. 소년이 녹슨 철도는 빵공장으로 통한다는 것을 나에게 알려주고 떠난 후 줄곧 나는 소년을 기다려왔다는 사실을 뒤늦게 깨달았다. 겨울이 끝나갈 무렵, 녹슨 철길 옆에 나무 한 그루를 심었다. 심고 보니 나무는 6자 형상이었다. 봄바람이 불자, 나무는 흰 꽃을 피워냈다.

그해 유난히 봄볕이 매서웠다. 흰 꽃이 드문드문 묻어 있던 키 작은 여린 나무는 봄이 지나갈 즈음 꽃잎이 떨어지자 7자형으로 변해 있었다. 나뭇가지 사이로 소년이 언뜻 보였다. 한동안 나는 소년을 보러 플랫폼으로 나갔다. 소년은 여전히 빛을 안고 있었고, 나는 그의 검은 등을 바라보았다.

어느 날 소년이 나를 향해 돌아섰는데, 머리가 백색이었다. 소년은 암호처럼 시집 한 권을 나에게 건네주고 떠났는데, 표지에는 '6은 나무 7은 돌고래'라고 적혀 있었다.

녹슨 철길 위에서 가끔 시간은 흐른다

소년은 언제 다시 올지 기약이 없었다. 빵 냄새가 그리울 때면 나는 소년처럼 녹슨 철도를 바라보곤 했다. 철도는 정말 빵공장으로 통하는 것일까. 나는 사방 어디에도 굴뚝이 보이지 않는 그 길을 처음으로 가보기로 했다. 기차는 없었고, 끝이 보이지 않았다. 그래도 녹슨 철도 위에서는 가끔 시간이 흘러, 돌아와 보니 4년이 지나 있었다. 나는 아무것도 기억하지 못했다. 다만, 시가 있었다.

그날 아침 나는 학교에 가지 않았습니다.
우체국 뒷길을 맴돌다. 수챗구멍 속에서 나온
개구리 한 마리를 밟아 죽이고
집으로 돌아왔습니다.

거미는 도망가고 없었습니다.
점심은 먹었는지,
저녁은 어떻게 먹고 무얼 했는지,
기억이 나지 않습니다.

나는 눈을 감기 전에
내 귀여운 방에게 말했습니다.
—나는 거미가 되고
너는 거대한 개구리가 될 거야

그리고 나는 불을 질렀습니다.
그리고 다시 기억이 나지 않습니다.
우체국처럼 커다란 불자동차가 있었습니다.
마을 사람들이 나의 머리통을 물동이에 처넣고
발길질하였습니다.

거미는 도망가고 없었습니다.
처음 본 젊은 여자 하나가
나의 뺨을 때린 뒤
얼굴을 파묻고 울고 있었습니다.

—박상순, 〈빵공장으로 통하는 철도로부터 4년 뒤〉, 《6은 나무 7은 돌고래》

오늘도 소년은 녹슨 철길 위에 서있다

스물다섯 살 무렵의 꿈은 더이상 꾸지 않는다. 꿈보다는 정말 빵 냄새가 그리울 때면 기차역 플랫폼에 나가 서있곤 한다. 소년은 내가 스물다섯 살 무렵 잃어버렸던 것을 되찾아주었다. 시라는 기다림을. 삶이란 때로 기다림, 이야기 하나로 통한다는 것을 뒤늦게 깨닫는다. 그리고 시란 때로 마지막 울음 하나 터트리려고 그렇게 오랜 시간 녹슨 철도 위에 서있어야 한다는 것을 깨닫는다.

아, 저기, 한 소년, 녹색 머리의 소년이 녹슨 철도를 바라보고 서있다. 소년과 나는 백보 정도 거리를 두고 떨어져 있다. 그는 언제나 빛을 안고 있고, 나는 그의 검은 등을 바라보고 있다. 어느 날 소년이 나를 향해 돌아서기를 기다리면서.

한 시간 전에 약국에서 왔습니다. 그냥 소화제를 샀지요. 긴말은 하지 않았습니다. 안경을 쓴 약사가 흰 봉투에 넣어주었습니다. 약값은 냈습니다. 거스름돈도 잘 받았습니다.

그냥 소화제지요. 다른 약은 아닙니다. 소화제 두 알 먹고 거울 한번 쳐다보고 TV 앞에 앉아보니 빵 봉지가 두 개입니다. 한 봉지만 가져왔을 뿐인데.

그것도 그냥 식빵입니다. 정말 한 봉지만 샀습니다. 채 한 시간도 지나지 않았습니다. 모자를 쓴 제빵공도 옆에 있었습니다. 끈 달린 종이봉투에 담아왔지요. 그렇지만 나는 그냥 TV를 봅니다. 내일은 맑답니다.

　　　　　　　　　　—박상순, 〈빵공장으로 통하는 철도로부터 23년 뒤〉, 《Love Adagio》

결혼, 고요한 혁명을 꿈꾸며

버지니아 울프는 이렇게 말했다. "인간은 모두 외롭게 죽어간다." 울프의 《등대로》라는 소설은 아버지를 통해 그 사실을 말하게 하기 위해서 쓴 것이라고 해도 무리가 아니다. 인간은 모두 외롭게 죽어간다. 그것은 울프가 새삼스럽게 발견한 놀라운 진리가 아니다. 다만 환기 사항일 뿐이다. 도심 한가운데 호화로운 결혼식의 주인공도 변두리 썰렁한 삼류 극장의 우울한 관객도 죽는 것은 마찬가지, 결국은 혼자다. 주머니에 돌을 채워넣은 채 강물 속으로 걸어들어 감으로써 생을 마감한 울프는 평생 혼자라는 의식, 곧 자기만의 방을 지키기 위해 치열하게 싸웠던 독보적인 존재이다.

울프의 혼자라는 의식에 사로잡혀 20대 끝까지 세상을 배회했다. 혼자, 곧 독립된 주체로서 세상 끝까지 가볼 작정이었다. 〈자기만의 방〉에서 그녀가 설파한 메시지의 핵심은 '여성이여 글을 써라, 자신을 표현하라'였다. 그러기 위해 우리는 '일년 동안 500파운드의 수입과 자기만의 방'이 필요하다는 것.

두 사람의 건강한 주체가 만나 공동의 삶을 이루어가는 것이 결혼생활이다. 결혼을 앞둔 사람이라면 이 작고 특별하고 사적인 사랑의 공동체에서 어떻게 자기만의 방을 가질 것인가를 생각해 보아야 한다. 그리고 그보다 앞서 실현해야 하는 것이 있다. 건강한 혼자가 되는 것, 과연 나는 누군가를 온전히 사랑하고, 또 누군가로부터 온전히 사랑받을 자격이 있는가를 자문해봐야 한다.

울프는 삶에서도 문학에서도 실험적인 형태를 제시하고 실천한 작가로 통한다. 문학에서는 '의식의 흐름'이라는 새로운 예술 영역을 개척한 모더니스트이고, 결혼에서는 사랑하되 성을 배제한 부부관계를 지향했다.

버지니아 스티븐이 레너드 울프의 구혼을 받아들여 결혼한 것은 그녀 나이 만 서른. 그녀는 결혼을 위해 레너드에게 두 가지를 요구했는데, 일상적인 부부생활을 하지 않겠다는 것과 그의 공무원 신분을 정리해달라는 것. 레너드는 전적으로 그녀의 의견에 따랐고, 출판사를 만들어 그녀의 작품을 출간했다. 건강한 남성으로서 참기 힘든 성적인 욕망과 사회적 지위를 버리면서 헌신적으로 소설가 아내를 외조했건만 정작 소설가인 그녀가 쓰는 소설이란 결혼 생활 깊숙이 스며 있는 허위의식을 예리하게 파헤쳐 보이는 것이었다. 그녀의 거의 전 소설이 결혼한 여성(인간)의 위태로운 내면 묘사에 바쳐진 것은 그녀가 결혼한 여성으로서 자신의 정체성 탐구에 얼마나 절실했는가를 단적으로 증거한다.

그녀의 소설, 특히 그녀의 연보를 읽다 보면 피할 수 없는 의문이 생긴다. 버지니아 스티븐은 레너드 울프와의 결혼이 불행했는가? 인생의 황혼기에 접어든 예순 살의 울프가 두 주머니에 돌멩이를 가득 채우고 우즈 강물 속으로 유유히 걸어 들어가면서 가장 마음에 걸렸던 것은 평생 자신을 뒷바라지했던 남편, 레너드였다. 그녀는 그를 위해, 남편과의 부부생활과 애정에 문제가 있었을 것이라는 세상의 오해를 불식시키기 위해 남편에게 마지막 편지를 썼다. 잔인하게도 사랑의 유서인 셈인데, 처녀 적 이름인 버지니아 스티븐이 레너드 울프와 결혼한 것을 한번도 후회해본 적이 없다는 것이었다.

내가 소설에도 썼듯이, 한 사람을 만나는 것, 그리고 사랑한다는 것, 그것은 기적이다. 결혼은 기적을 뛰어넘는 운명, 일종의 생의 혁명이다. 나는 사랑과 사랑을 둘러싼 모든 것들을 사랑한다. 사랑하는 마음이 빚어내는 창조적 변화를 사랑한다. 또한 나는 혁명을 사랑한다. 혁명이란, 성姓을 바꾸는 일을 가리킨다. 아니면 성을 바꿀 만한 급격한 변화를 일컫는다. 결혼보다 더 급격한 변화, 성을 바꾸는 것만큼이나 획기적인 일이 어디 있는가? 버지니아 스티븐이 버지니아 울프가 되는 것. 버지니아 울프가 되어서 한번도 후회한 적이 없었다는 것. 불행한 인간(버지니아)을 사랑으로 승화(작가)시킨 것은 어디까지나 결혼, 레너드의 힘이었다. 동시에 버니지아의 힘이었다. 기적적으로 시작해서 혁명적으로 승화되는 사랑, 거기에 결혼의 진정한 힘이 있다.

버지니아 울프가 자살했다고 해서, 그녀의 소설이 사금파리를 이어놓은 것처럼 아슬아슬한 결혼의 내면을 그리고 있다고 해서, 그녀의 결혼은 실패했는가? 반대로 그녀의 헌신적인 남편 레너드는 불행했는가? 한 가지 분명한 것은, 버지니아 스티븐은 건강한 주체가 아니었다는 것이다. 그녀에게는 다행스럽게도 그녀는 일상인의 범주에서 벗어난 예술가였다는 것, 예술가에게는 정당한 불행한 축복이 그녀의 삶을 감싸고 있었다는 것.

1960년대부터 모더니스트 소설가 버지니아 울프에게 페미니스트라는 타이틀이 따라붙기 시작하는데, 탁월한 여성의 심리 묘사로 일관한 그녀의 소설들과 더불어 '여성과 소설'을 강의하느라 집필했던 《자기만의 방》이 결정적인 몫을 부여하고 있다.

이제 여성의 '자기만의 방'은 보편화된 진리가 되었다. 이 시대 결혼관에 비추어보아 한 가지 오해가 없지 않은데, 자기만의 방이 배타적이다 못해 이기적인 방이 되어버린 경우를 흔히 본다. 결혼은 두 사람이 일으키는 사랑의 혁명이다. 희미한 옛사랑의 흔적처럼 남은 빛바랜 혁명이 아니라, 삶의 저변을 아우르는 고요한 혁명인 것이다. 이기적인 방이기보다는 사랑하는 사람을 위해 무엇을 해줄 것인가를 끊임없이 연구하는 사랑의 아티스트, 창조자가 되어야 한다. 그때 혁명은 다시 한번 빛바랜 허물을 벗고 떠오르는 내일의 태양을 향해 새롭게 나아가는 것이다. 그때 결혼은 진정한 혁명, 고요한 혁명으로 거듭나는 것이다.

봄날, 길에서 만나는 詩

눈도 지나고 비도 지나고, 밤새 붙잡고 쓰던 원고 마감도 지나
간 봄날 아침 무작정 집을 나섰다. 코끝을 간질이는 봄빛에 이끌
려 서너 시간 강이든 섬이든 달려갔다 오리라는 마음뿐이었다. 어
디로 갈까. 차는 벌써 자유로 한강변을 달리고 있었다. 김포대교
건너 서해안고속도로를 타고 내려가 제부도에 가려는 마음과 48
번 국도를 따라 강화도에 닿으려는 마음이 철새처럼 오락가락했
다. 강펄엔 강새들이 새카맣게 내려앉아 먹이를 쪼는가 하면 어느
새 하늘 한 어귀를 떼지어 자유로이 날았다.

비봉, 사강 거쳐, 국도 양편 흙먼지 풀풀 날리는 제부도 가는
길, 18년 전 봄 스물아홉의 나이로 세상을 떠난 시인 기형도의 자
취를 더듬어볼 수 있을 것 같았다. 즐겨 외던 그의 시구가 날아오

르고, 날아가버리는 새들의 꽁무니를 따라 메아리처럼 울려퍼졌다.

　　아무도 가려 하지 않았다. 아무도 오려 하지 않았다……그것봐, 그것봐, 황톳빛 자갈이 주르르 넘어졌다. 구르고 지난 자리마다 사정없이 눈〔雪〕이 꽂혔다."

—기형도, 〈沙江里〉에서

　　나는 기억하고 있었다. 1989년 3월 7일, 그날, 그 검은 봄날, 한 통의 전화가 가져다준 백색의 공포를, 젊은 죽음의 긴 슬픔을. 시인의 친구들은 18년째 꽃을 들고 그의 묘지를 찾을 것이다. 올해는 나도 그들 속에 끼어 시인을 찾으리라 마음먹었었다. 그 마음은 매해 같았다. 그러나 나는 한번도 시인의 친구들과 동행하지 않았다. 대신 이렇게, 시인을 추억하는 다른 길을 달리곤 했다.

　　추억은 내용물 없이 떠오르고 소읍小邑은 무서우리만치 고요하다. 누구일까 세숫대야 속에 삶은 달걀처럼 잠긴 얼굴은 봄날이 가면 그뿐 숙취宿醉는 몇 장 지전紙錢 속에 구겨지는데 몇 개의 언덕을 넘어야 저 흙먼지들은 굳은 땅 속으로 하나둘 섞여들는지

—기형도, 〈봄날은 간다〉에서

　　아니다. 제부도를 단념하고 48번 국도로 들어섰다. 48번 국도 끝 푸른 섬에 또 한 시인이 있었다. 김포대교를 건널 때 기형도의

유일한 시집이자 유작집(《입속의 검은 잎》)에 당대의 비평가 김현 선생이 통곡을 대신해 인용해 썼던 시인의 한 문장이 뒤통수를 쳤기 때문이었다.

살아 있으라. 누구든 살아 있으라

—《입 속의 검은 잎》 중 〈비가 2〉에서

강화대교를 건너자마자 우측으로 빠져 굴다리를 지나 해안도로로 접어들어 달렸다. 전등사 숲길을 지나 동막 해변에 다다르면, 우울과 눈물의 시인(《우울氏의 一日》, 《눈물은 왜 짠가》), 그러나 갯벌가에서 돼지를 키우며 삶과 죽음의 경계를 처연하게 노래하는 시인(《모든 경계에는 꽃이 핀다》) 함민복이 있다.

그를 만난 지가 언제였던가. 10년이 훌쩍 넘어 있었다. 일년에 두세 번 강화도에 가면서 제일 먼저 그를 떠올리고 그의 마을 그의 갯벌 해안에 가서 동네 사람 다 들을 정도로 크게 그를 불러봐야지, 하면서도 매번 소리 없이 돌아오곤 했다. 이번에도 그럴 것이었다. 대신 그의 노래, 그가 발견한 진리, 그리하여 시를 그인 양 흡족히 마음에 담아올 것이었다.

부드러움 속엔 집들이 참 많기도 하지
집들이 다 구멍이네
구멍에서 태어난 물들
모여 만든 집들도

다 구멍이네

―함민복, 《말랑말랑한 힘》 중 〈뻘밭〉에서

강화대교 건너 집으로 돌아오는 석양 길, 섬에 두고 온 구멍마
다 하나 둘 불이 켜지고 있었다.

내 공간 속 미지 여행

바야흐로 바캉스의 계절, 어디론가 떠나는 시간이다. 바캉스란 여기의 삶을 깡그리 비우는 데 묘미가 있다. 일상이 무거울수록 그것이 텅 빌 때까지 멀리 떠나보는 것이다. 그런데 어디로도 떠날 수 없거나, 어디로도 떠나고 싶지 않다면? 가까이에서도 얼마든지 찾으려고만 한다면 먼 여행의 바캉스보다 훨씬 효과적이고 이상적인 바캉스를 누릴 수 있다.

《자유로부터의 도피》라는 책으로 유명한 사회심리학자 에리히 프롬의 《사랑의 기술》이 있듯이, 《나는 왜 너를 사랑하는가》로 인기를 모은 스위스 출신 작가 알랭 드 보통의 《여행의 기술》이라는 것이 있다. 기술이라고 하면 사람들은 '테크닉', 그러니까 실제 생활에 익혀 사용할 수 있는 '기교' 혹은 '솜씨'로 생각하는데,

그런 차원에서 보면 자본주의 사회에서의 개인의 소외 문제를 극복해 궁극적으로 자아를 실현하는 방법론을 모색하는 에리히 프롬의 사랑의 기술은 너무 원론적이고, 보들레르, 플로베르, 워즈워드, 반 고흐 등을 안내자로 삼은 알랭 드 보통의 여행의 기술은 너무 예술적이라고 할 수 있다.

그러나 어떻게 하면 사랑을 기술적으로 잘 할까 하는 호기심에 제목에 홀려서 《사랑의 기술》을 집어든 사람들이 처음에 낭패스러워하다가 청춘시절의 빈약한 책꽂이 한 귀퉁이에 그 책을 간직하는 것은 사랑의 원론적인 문제, 곧 소외와 소통의 문제를 다루고 있기 때문이다. 이와 마찬가지로 알랭 드 보통의 《여행의 기술》은 여행을 떠났다가 돌아오기까지를 출발 · 동기 · 풍경 · 예술 · 귀환이라는 다섯 범주를 설정하고 앞의 예술가들을 표지석으로 삼아 '나는 왜 떠나는가' 라는 질문을 끊임없이 환기시키는데, 흥미롭게도 그는 위의 다섯 범주 맨 마지막에 떠났다가 돌아와서의 '실망' 까지를 여행의 범주로 포함시킨다.

구름의 이동성을 사랑한 보들레르처럼 늘 여기가 아니면 저기를 꿈꾸는 사람이 있는가 하면, 생래적으로 움직이기 싫어하는 사람, 심하게는 방에서 한 발짝도 떼지 않고도 일주일 열흘을 지겹지 않게 보내는 사람이 있다. 알랭 드 보통이 책에 소개한 18세기 프랑스 소설가인 자비에르 드 메스트르가 그 주인공이다.

그는 직업 군인으로 복무하던 중 불법 결투를 벌이다가 42일간 가택연금을 당했는데, 그 기간 동안 《내 방으로의 여행》이라는 독특한 여행서를 써서 큰 반향을 불러 일으켰다. 거기에서 그치지 않고 8년 뒤《내 방으로의 밤의 여행》까지 집필해서《잃어버린 시간을 찾아서》의 마르셀 프루스트와《이방인》의 카뮈는 물론 오늘날 젊은 세대의 한 경향인 '자기 방(쿡)족'의 속성을 일찌감치 보여줬다.

보들레르처럼 떠남을 열렬히 꿈꿀 수도 있지만, 드 메스트르처럼 방에만 갇혀 있거나, 멀리 떠날 수 없다면, 제3의 방법, 보들레르와 드 메스트르의 욕망을 자기 안에 모두 수용하는 것이다. 보들레르의《여행에의 초대》는 펼치기만 해도 뱃고동 소리가 들리는 것 같지만, 그것도 결국은 자기를 닮은 나라, 곧 자기를 찾아가는 여정이기는 마찬가지인 것이다.

내 방을 벗어나 조금 걸을 수 있거나 전철이나 버스 정도를 타고 움직일 마음이 있다면 내가 살고 있는 공간으로의 여행은 어떨까. 내가 몸담고 있는 도시의 지도를 펼쳐놓고 그동안 간간이 별렀지만 생업에 밀려 돌아서면서 잊어버리곤 했던 내 생활 속 미지의 장소를 찾아가는 것. 이 또한 아주 소박하고도 멋진 여행이 되지 않을까?

아, 통영!

　새해 첫 여행으로 오래전부터 꿈꾸었던 통영에 갔다. 통영에 가면, 바다가 내려다보이는 우체국 유리창가에 앉아 편지를 쓰리라 생각했었다. 바다를 향해 하얗게 부서지는 소리 없는 아우성처럼 가슴을 뒤흔드는 움직임 따라 걸어보리라 생각했었다. 그뿐인가. 너무 좁고 허름해서 숨바꼭질하듯 찾아가야 한다는 윤이상 생가터와 그 골목, 바닷물 위로는 배가, 그 밑 터널로는 사람이, 그 위로 만들어진 공중 다리로는 자동차가 달린다는 통영운하, 수많은 흰 배들이 돛대에 흰 깃발을 펄럭이며 언제고 떠날 채비를 하고 있는 아름다운 포구 강구안…….

　언제부터 나는 통영을 꿈꾸었던가. 청마 유치환과 음악가 윤이상, 《토지》의 박경리, 〈꽃〉의 시인 김춘수. 그들은 모두 통영의 푸른 바다가 키워낸 예술가들이다. 하나같이 그들은 한때 내 영혼을 점령했던 큰 새들이었다. 그런데 정작 나를 통영으로 이끈 장본인은 다른 데 있었다.

바람 맛도 짭짤한 물맛도 짭짤한
전복에 해삼에 도미 가재미의 생선이 좋고 파래에 아개미에 호루
기의 젓갈이 좋고
새벽녘의 거리엔 쾅쾅 북이 울고
밤새껏 바다에선 뿡뿡 배가 울고
자다가도 일어나 바다로 가고 싶은 곳

—백석,〈통영〉

자다가도 일어나 바다로 가고 싶은 곳, 서북부 황해도 출신 시인 백석은 통영을 그렇게 읊었다. 애절한 사랑의 절창 〈나와 나타샤와 흰 당나귀〉의 시인 백석은 언제 통영에 갔을까. 이 시가 쓰인 것이 1935년, 그가 《조선일보》에 시 〈정주성〉을 발표하면서 문단에 나온 해다. 유치환과 김춘수가 통영문화협회를 조직해서 통영을 기반으로 문학 활동을 하던 때가 해방 후이니 그들과의 교분에서 나온 산물은 아닌 것이다. 게다가 백석은 데뷔 후 주로 서울과 서울 이북, 함경도 만주 신의주를 옮겨다니다가 6·25 때 월북 반세기 가까이 한국문학사에서 지워져 있었다. 그런데 백석에게 통영이라니!

집집이 아이만한 피도 안 간 대구를 말리는 곳

황화장사 령감이 일본말을 잘도 하는 곳

처녀들은 모두 漁場主한테 시집을 가고 싶어한다는 곳

山너머로 가는 길 돌각담에 갸웃하는 처녀는 錦이라든 이 같고

내가 들은 마산 객주집의 어린 딸은 蘭이라는 이 같고

    통영을 이렇듯 정감 있게 그린 시를 나는 알지 못한다. 백석은 이 〈통영〉이란 시와 더불어 〈남행시초〉 연작으로 또 한 편의 〈통영〉이란 시를 남겼다. 나는 청마도 박경리도 아닌 서북부 출신 이방인 시인 백석의 시편들을 읽으며 통영을 꿈꾸곤 했다.

통영장 낫대 들었다

갓 한닢 쓰고 건시 한접 사고

홍공단단기 한감 끊고 술 한병 받어 들고

화륜선 만져보려 선창 갔다

오다 가수내 들어가는 주막 앞에 문둥이 품바타령 듣다가

열이레 달이 올라서

나룻배 타고 판데목 지나간다 간다

—백석, 〈통영—남행시초2〉

    백석을 알고 난 뒤 박경리 선생을 지근거리에서 흠모하면서 살았고, 박경리 선생을 만날 즈음 베를린에 뼈를 묻고 한 마리 외로운 갈매기의 넋으로만 통영 바다 위를 자유로이 나는 윤이상이란

존재를 추모했다.

　그들을 품은 지 10여 년, '자다가도 일어나 바다로 가고 싶은 곳' 통영에 갔다. 참으로 길고 아름다운 여로였다.

버지니아 울프의 등대

영국의 여성 소설가 버지니아 울프의 〈등대로〉라는 소설이 있다. 바다를 향해 견고하게 서있지만, 바다를 떠나서는 존재할 수 없는 것이 등대다. 등대에서 나오는 빛줄기는 시간의 진행과 흡사한 리듬을 갖고 있는데, 울프는 그러한 등대를 '인정사정없고 냉혹한 것'이라 단언했다. 그러면서도 등대는 그 존재를 확인할수록, 그리하여 그것을 바라볼수록 안정감을 주는 것이다. 그래서 울프는 등대와 냉정하게 거리를 유지하면서도 그것으로부터 평화와 안식을, 그리하여 영원성을 구하는 것이다. 바다에서, 동시에 바다와는 더 가까워지지도 깊어지지도 않은 채 한결같은 빛을 내는 등대. 우리가 누추한 삶의 집을 버리고, 너절한 삶의 생각을 버리고 바다로 달려가는 것은 등대, 시간의 파도에도 꿈쩍 않는 등대 때문은 아닌가. 인정사정없이 냉혹한, 그러면서 평화롭고 영원한 것은 무엇인가 오래, 가능한 한 오래, 생각하고 싶을 때가 아닌가.

1925년 울프가 〈등대로〉를 구상할 당시 울프는 일기에 "작품의 중심을 이루는 것은 배를 타고 앉아 죽어가는 고등어를 짓이기며 '우리는 모두 외롭게 죽어간다' 라고 읊조리고 있는 아버지"라고 적었다. 열 몇 살 때 책받침에 장식 삼아 적혀 있는 박인환의 〈목마와 숙녀〉라는 시에 나오는 버지니아 울프라는 이름을 통해 처음으로 '한 여자의 생애' 라는 것을 생각했었고, 스물 몇 살 때 바로 이 작품 〈등대로〉 주변에서 엿들은 그녀의 차가운 육성, 그러니까 '인간은 모두 외롭게 죽어간다' 는 말에 처음으로 '인간' 과 '죽음' 을 생각했었다.

울프는 카프카와 마찬가지로 일기의 작가라고 할 정도로 방대한 분량의 일기를 남긴 것으로 유명하다. 열세 살에 어머니를 잃은 충격으로 정신이상 증세에 사로잡힌 뒤 주머니에 돌을 가득 채워가지고 우즈 강에 투신자살할 때까지 수차례의 정신 질환에 시달린 그녀이기에 일기란 그녀에게 문학 이전의 것이자 문학을 넘어서는 강력한 어떤 것이다.

인간은 모두 외롭게 죽어간다. 여기에서 인간은 아버지이다. 열세 살에 어머니와 사별하고 홀로 남겨진 아버지를 뒷바라지해야 했던 울프였다. 이 한 문장을 일기에 적기까지 그녀는 아버지를, 인간을 이해하고자 했고, 소설을 씀으로써 아버지를, 인간을 넘어서고자 했다.

〈등대로〉는 나로부터 너에게, 아버지에게, 세상을 향해 떠나는 여행이다. 소설 제목이 '등대'가 아니라 '등대로'인 것에 주목해야 한다. 우리는 왜 파도를 보며 시간(혹은 영원성)을, 바다를 보며 죽음(혹은 삶)을, 아버지를 보며 인간(혹은 유한성)을 생각하는가.

12월, 그 어느 때보다 등대를 향한 인정사정없이 냉혹한, 그러면서도 평화를, 그러면서 안식을, 그러면서 영원성을 생각하는 시기이다. 순간순간 변화하는 오늘 하루의 빛과 내 하루, 내 한 달, 내 일년의 흐름을, 그리하여 내 생의, 내 의식의 흐름을 한 편의 소설을 통해 구해볼 일이다. 가끔은 겨울해도 짧지만은 않다.

사랑에 빠진 연인들에게 권함

사랑의 열정은 처음부터 서로를 객관적으로 볼 수 없게 하거나 그 사람에 대해 진정으로 공감하지 못하도록 만든다. 그것은 차라리 우리 자신 속으로 가장 깊숙이 파고들어 가는 것이며, 천번, 만 번 접힌 외로움이다. 그러나 그것은 또한 우리 자신의 외로움으로 하여금 만물을 포용하는 세계로 뻗어 나가 나래를 펴게 하는 것이기도 하다. 마치 천 개의 빛나는 거울에 둘러싸인 듯이.

— 울리히 벡 · 엘리자베트 게른하임 벡,
《사랑은 지독한 그러나 너무나 정상적인 혼란》 중에서

세상이 온통 장밋빛으로 보이는 연인들에게 무슨 말이 필요하랴. 사랑에 관한 한 그들은 이미 최고의 시인, 작가, 배우이다. 그러니 당분간 그렇게 더 사랑하라. 사랑보다 더 좋은 것은 없으니, 사랑보다 더 생을 풍요롭게 해주는 것은 없으니, 가능한 한 오래 그 달콤한 꿈에서 깨어나지 말라고 마술이라도 걸어주고 싶을 뿐이다.

그러나 꿈은 얼마나 허망한가. 깨어나지 않는 것은 꿈이 아니다. 죽음이다. 그리하여 사랑은 얼마나 잔인한가. 연기처럼 사라지고 마는 꿈속에 공중누각을 지으니 말이다. 사방을 돌아보면 현기증, 독버섯처럼 퍼지는 혼란뿐이니 말이다. 그러니 어디에서든 사랑하라, 미친 듯이 사랑하라고 언제까지나 외칠 수만은 없는 법. 잠시, 지나가는 바람이라도 붙잡고 물어봐야 하는 것이다. 당신, 연인들의 최종 목적지는 결혼인가 하고.

동거, 핵가족, 싱글맘, 1인 가족 등 현대는 삶의 다양한 형태만큼이나 다양한 사랑법이 공존한다. 동시대의 같은 하늘 아래 숨쉬고 있지만 우리는 낭만적인 사랑과 현대적인 사랑, 포스트 모던한 사랑이 동시에 뒤섞인 비동시성의 시대에 살고 있다. 이제 연인들의 최종 목적지가 더는 결혼이 아닌 경우가 흔해졌다. 결혼이냐 아니냐. 사랑을 위하여 또는 사랑 때문에 함께 살 것이냐, 따로 살 것이냐. 이 문제를 두고 목하 고민중인 연인들 또는 커플들이 반드시 짚고 넘어가야 할 책이 《사랑은 지독한 그러나 너무나 정상적인 혼란》이다.

이 책은 《위험사회》로 유명한 사회학자 울리히 벡 부부가 공동 집필한 사랑 보고서다. 개인에서 출발해 부부로서 각자가 겪은 사랑의 혼란을 글쓰기로 시도한 것이다. 두 개인이 만나 하나의 결혼 형태를 이루듯 이 책은 두 버전, 두 책이 사랑이라는 하나의 대상으로 결합된 형태이다. 사랑을 테마로 한 두 사람의 사회학적 대화인데, 이러한 듀엣 저작의 장점은 무엇보다 균형 감각이다.

울리히 벡은 거시적인 입장에서 현대의 위험 요소로 떠오른 사랑을 고찰하고, 부인 엘리자베트는 개인의 관계에서 출발해 결혼, 아이 문제의 속살을 파헤치는 미시적인 입장을 취한다. 이들은 서로의 견해차를 어떻게든 꿰맞추려 하지 않고 그 차이를 그대로 보여주며, 때로 중복적인 내용과 얼핏 모순적인 논리도 독자의 판단에 맡긴다. 이들의 글은 사랑, 또는 결혼에 대한 새로운 사회학적 용어와 수치가 제시되지만 딱딱한 사회학 보고서로 읽히지 않는 특별한 매력이 있는데, 그것은 바로 이 부부의 오랜 대화와 사유를 통한 탁월한 글쓰기에서 기인한다.

사랑을 위해 함께 살 것이냐, 따로 살 것이냐, 함께 산다면 어떻게 살 것이냐를 목하 고민중에 있다고 해도, 사랑은 여전히 우리의 사생활을 지배하는 신이다. 지독한 혼란 끝에 쟁취하는 사랑에 신의 가호가 깃들기를.

《아케이드 프로젝트》단상

    한국어판 발터 벤야민의 《아케이드 프로젝트》를 받아드는 순간은 한마디로 열광, 감격이다. 동시에 질겁, 그러나 행복한 비명이다. 2500쪽 짜리 책도 책인가? 그렇다면 무엇을 어떻게 봐야 하는가? 발터 벤야민은, 아니 이 책을 한국어로 번역하고 출판한 조형준'과 그 출판사〈새물결〉은 2500쪽 짜리 초대형 프로젝트를 내놓으면서 도대체 어떤 생각이었을까? 이미 1000쪽 짜리 프로젝트 《천 개의 고원》을 기획 출판한 사람들만이 가질 수 있는 배포라고 봐야 하는가? 그렇게 보자면 그 이전의 야심작인《사생활의 역사》(전3권)나《여성의 역사》작업에서 기원을 찾고《하늘에서 본 지구》에서 그 생각을 읽어야 할 것이다. 그렇다.《아케이드 프로젝트》는 이제 발터 벤야민의 것이 아니라, 어쩌면, 아니 당연하게도, 이들의 것, 그러니까 조형준의 것이라고 봐야 한다. 이때의 의미는 19세기의 수도 파리, 나아가 자본주의의 탄생기의 유럽의 수도를 단순히 따라 읽는 것이 아니라 그야말로 '완전히 분해해서 다시 조립' 해가는 주체적인 작업이 된다. 한마디로 이 엄청난 도전에 의해 발터 벤야민의 《아케이드 프로젝트》는 한국어판 그것과 다른 언어권의 그것으로 나뉘면서, 원본은 물론 다른 언어권에 귀중한 참고가 되는 희귀한 현상을 낳는다.

문제의 한국어판 《아케이드 프로젝트》는 어떤 책인가. 원본 《아케이드 프로젝트》는 13년간에 걸친 벤야민의 이론적 고투의 흔적을 고스란히 담고 있는 전체적인 사유의 작업장으로 마르크스의 《자본론》 이후 자본주의에 대한 가장 광대하고도 독창적인 이론을 담고 있는 것으로 알려져왔다. 절반은 독일어로, 또 절반은 프랑스어로 쓰인 것이 원본인데, 한국어판의 백미는 원본에는 없는 이 책의 탄생 과정 전체를 상세히 알려주는 여담, 그러니까 다양한 '부록' 이다. 이 책의 성립사에 관한 증언들, 보유, 유고, 기사 작성, 노트와 자료들의 전거 등. 프루스트의 작품을 하나의 거대한 여담 문학으로 보는 견해를 필두로 여담은 이제 하나의 장르로 승격되는 과정에 있음을 적시해볼 필요가 있다.

또 이 책을 읽는 독법 중에 염두에 두어야 할 것은 저자 벤야민이라는 인간의 생의 이력이다. 그는 나치 치하의 유대인 지식인이라는 것은 익히 알려진 사실. 그가 초기 자본주의 연구로 왜 런던을 제치고 파리를 잡았는가를 묻는 것보다 보들레르의 독일어 번역자라는 점, 보들레르에게서 치명적인 파리의 향기, 곧 근대 자본주의의 냄새에 홀려 파리로 왔다는 점, 위태로운 유대인 지식인인 주제에 목숨을 걸고 파리에 남아 마지막까지 파리를 기록했다는 점을 주목해야 한다. 그가 비평가라는 타이틀을 거부하고 오직 문필가로 생을 마감하고자 했던 그의 예술가 정신이 아니면 그것은 하등 부질없는 일이다. 그러나 그 부질없는 일이 한 위대한 영혼을 구원하는 바, 《아케이트 프로젝트》가 그것이고, 그것은 한 영혼을 넘어서는 인류사의 기념비적인 작업인 것이다.

도대체 2500쪽 짜리 초대형 프로젝트 앞에서 나는 '무엇을 어떻게 보아야 하는가' 라는 썩 난감한 서두로 운을 떼었다. 이 책이 걸작인 것은 화두인 동시에 해답을 제시한다는 것이다. 무엇을 어떻게 읽든 자유다. 나처럼 책의 이면들, 그러니까 원본에는 없는 한국어판의 부록들을 먼저 펼쳐들어도 좋고, 이구동성 필독을 권하는 〈파리의 아케이드〉들을 꼼꼼히 읽어나가도 좋고, 아예 텍스트 대신 뭉텅뭉텅 수록된 수십 컷의 아케이드 사진 풍경들을 사진첩처럼 감상해도 좋다. 문제는 이 매혹적인 20세기 정신의 서사시를 언제라도 펼쳐볼 수 있는 작은 공간을 마련하는 일이다. 마음이든, 서가든, 심지어 밥상머리든 어디든!

책의 전설, 인간의 전설

스치는 새벽바람 소리에 잠 깨어 창가로 달려갔다. 저 아래 느티나무, 아직 붉었다. 가을이 아주 가버리지는 않았다. 멀리 있는 친구에게 새벽 편지를 썼다. 이제 느티나무와 가을에게 작별할 시간이 왔다고. 그 끝에 고전의 한 문장을 선사했다. 가을이 시작될 무렵 편지를 쓰면서 하루하루 읽어나가던 《중국고전명언사전》에 새겨진 〈근사록近思綠〉의 한 문장이었다.

마음이 고요해진 후에 만물을 보면 자연히 만물이 모두 봄의 생기를 가지고 있다.
靜後見萬物 自然皆有春義.

—〈근사록〉에서

그렇다. 만물이 스러져가는 늦가을에도 다시 봄을 만날 수 있다. 친구여, 느티나무 텅 빈 가지를 나는 이제 견딜 수 있을 것이다. 어진 마음, 생기로이 어진 자, 한 문장 속의 나를 얻었기 때문이다. '마음을 고요하게 한 다음 천지 사이의 만물을 보면 어디나 모두 봄의 양기가 가득 차서, 싱싱하게 발육하는 모습이 눈앞에 나타난다. 그 기분이야말로 어진 자의 마음과 일치한다.'

〈근사록〉은 송나라 주자가 친구 여조겸과 공동 집필한 책으로 "절실하게 묻고 현실 가까이에서 생각하면 인仁이 그 가운데 있다'라는 논어의 한 구절에서 따온 것이다. 《중국고전명언사전》은 《논어》를 비롯해 《대학》, 《회남자》, 《사기》 등 유불선 철학서와 25사로 불리는 역사서, 당대 명문장가들의 고전을 두루 포함하고 있다.

한 그루의 느티나무가 봄 여름 겨울, 그리고 가을의 전설인 것처럼, 《중국고전명언사전》은 책의 전설, 궁극적으로는 인간의 전설이다. 모로하시 데쓰지와 스즈키 이페이의 전설인 것이다. 저자 모로하시 데쓰지는 일본이 세계에 자랑하는 석학. 스즈키 이페이는 한국어판 《중국고전명언사전》의 원본인 《대한화사전大漢和辭典》을 기획 출판한 대수관서점의 창립자 겸 편집자다. 한국어판 《중국고전명언사전》은 1640쪽, 원본 《대한화사전》(전13권)은 5만 354자가 수록된 세계에서 가장 방대하고 정확한 한자사전으로 통한다.

"출판은 천하의 공기公器이다. 한 나라의 문화 수준과 그 전모를 출판물로 간행하지 않으면 안 된다"는 한 출판인의 의지로 출

발한《대한화사전》의 역사는 모로하시 데쓰지를 만남으로써 1929
년부터 1960년에 걸쳐 완성돼 20세기 한자문화권의 중요한 문화
유산이 됐다.

　이 사전에 일생을 건 모로하시 데쓰지는 작업 기간중 조수 네
명을 떠나보냈고, 그 자신 한쪽 눈을 실명했다. 세계 인류의 걸작
〈천지창조〉가 미켈란젤로의 시력을 앗아갔다면, 이 책 역시 인간
의 한계를 시험하며, 잔인하고도 황홀한 기록을 남긴 셈이다. 사
방이 겨울을 향해 쇠락해가는 늦가을, 마당가를 늠름히 지키고 서
있는 느티나무와 마주하듯, 오늘도 나는《중국고전명언사전》의
붉은 표지를 넘기며 하루를 시작한다. 모로하시 데쓰지와 스즈키
이페이, 그리고 이 책의 한국판 편집인 임우기 씨에게 경의를 표
한다.

내가 읽고 만난 파리

파리에 가면 제일 먼저 찾는 곳이 있다. 센 강에 떠 있는 두 개의 섬 중 시테 섬에 우뚝 서있는 노트르담 대성당이 그곳이다. 그리고 파리에 가면 장미 한 송이 사들고 찾아가는 곳이 있다. 센 강 왼쪽, 사르트르와 보브아르를 비롯, 20세기 실존주의 작가들과 진보적 철학자들, 화가들의 단골 카페가 있는 생제르맹 대로 근처 몽파르나스 묘지가 그곳이다.

몽파르나스 푸른 문을 들어서면 오른쪽 초입에 사르트르와 보브아르가 한 묘석 아래 묻혀 있고, 몇 걸음 더 걸어가면 〈이방인〉의 시인 보들레르가 누워 있다. 또 거기에서 몇 걸음 걸어가면 아일랜드 출신의 베케트가 잠들어 있고, 거기에서 묘원을 한바퀴 돌아 원점에 이르면, 푸른 문 왼쪽 입구에 《연인》의 작가 뒤라스가 안식에 들어가 있다.

　내 한 송이 장미꽃은 처음 사르트르에게 바쳐진 이후 매번 다른 숭배자에게 바쳐졌는데, 보들레르, 베케트를 거쳐 뒤라스가 마지막이었다. 이제 내가 다시 파리에 가는 날 또 한 송이 장미꽃을 사들고 찾아가야 할 사람이 생겼는데 서울 출신의 파리의 이방인 이옥 선생이 바로 그 분이다. 파리에 가는 행위, 파리에서도 공동묘원을 찾는 행위, 그 전에 장미꽃을 한 송이 사는 행위는 어느 날 내게 문득 찾아온 것이 아니라 지식처럼 하나씩 깨우쳐진 것인데, 한국 문학계의 독보적인 존재 김윤식 선생으로부터 비롯된 것이다.

　김윤식이란 누구인가. 1962년 평론가로 데뷔해 칠순에 이르기까지 지칠 줄 모르는 현장 비평과 저술 작업(10여 년 전 그의 저술은 백 권을 훌쩍 넘었다)을 수행해오고 있는 놀라운 열정과 필력의 소유자이다. 스스로 '발바닥으로 글쓰기'라는 유행어를 창출해낼 정도로 그의 연구가 시작되고 끝날 때마다 새로운 현장들이 탄생되곤 하는데, 이광수와 임화의 도쿄, 채만식의 군산, 이기영의 천안, 안수길의 북간도, 그리고 이옥의, 동시에 모리 아리마사의 파리가 바로 그렇다.

　김윤식이 다녀간 곳은, 거기가 도쿄이든 파리이든, 더이상 이전의 그곳이 아니다. 바로 그곳의 그들의 운명을 엿본 자 그리하여 그들만의 운명을 알린 자, 김윤식의 도쿄이고 김윤식의 파리이다.《내가 읽고 만난 파리》를 그는 모리 아리마사의 파리, 이옥의 파리라고 표나게 내세우고 있지만, 그들은 김윤식의 파리로 깊숙이 들어가는 표지석들인 것이다.

그러나 그 표지석들이 아니고서는 세계의 거기 있음을, 또 존재의 거기 있음을 어떻게 알 수 있을까. 그것이 아니고서 거기 있음을 넘어 '의미하는 부재, 또는 부재하는 의미'로의 뚜렷한 환각(예술)을 어떻게 잡아낼 수 있을까. 동경대 불문과 출신의 아리마사는 노트르담에 홀려 도쿄에 처자식을 버려둔 채 평생 파리의 이방인으로 고독하게 살다 갔다. 그와 나란히 파리에는 프랑스에서의 한국학 창설자이자 파리 7대학 한국어과 교수였던 서울 출신의 이옥이 있었다. 청년 이옥의 초상이 중년 아리마사의 글 속에서 뚜렷하다. 이들의 흔적 쫓기가 《내가 읽고 만난 파리》의 핵심인데, 이들이 언젠가는 우리가 한번쯤 찾아가야 할 파리의 표지석들이라는 것을 김윤식이 아니고서는 아무도 알 수 없다. 바로 거기에 이 책의 희귀하고도 숭고한 가치가 숨어 있다. 그가 즐겨 환기하는 "열정도 재능이다"라는 한 문장에 오늘도 고개 숙일 뿐이다.

봄밤, 신동행기新東行記

　　고려와 조선시대를 대표하는 문장가들의 등산 기행문으로《명산답사기》라는 것이 있다. 조선 중기 대제학을 지낸 서명응의 백두산 기행에서부터 한말 제주로 귀양을 갔던 최익현의 한라산 기행까지 학문적 일가를 이룬 사상가들의 인간적인 참모습을 등산을 통해 엿볼 수 있는 희귀한 책이다. 봄날 춘곤증에 시달리거나, 늦가을 산장의 모닥불의 정취가 그리울 때면 열다섯 명산 답사기를 펼쳐보는 재미가 쏠쏠한데, 남효온의 금강산 기행과 이덕무의 북한산 기행, 이규보의 남행기와 임춘의 동행기를 탐하는 편이다. 내가 이들의《명산답사기》를 곁에 두고 읽는 이유는 언젠가 찾아 갔거나, 또는 언젠가는 찾아갈 명산의 풍치와 운치에 대한 추억과 감상을 옛 사람들의 문자향과 더불어 새겨보는 즐거움이 따로 있기 때문인데, 그중에서도 빠트릴 수 없는 것이 명산이 품고 있는 수많은 사찰과 문화유산의 숨결이다.

동해의 푸른 소나무와 낙산사를 한입에 집어삼킨 봄날의 화마 火魔에 시달려 새벽까지 잠을 뒤척이다가 임춘의 동행기를 펼쳤 다. 그로 말할 것 같으면 고려시대 강좌칠현江左七賢으로 당시唐 詩에 출중했던 시인, 산천 주유에 누구보다 넉넉했다. 동해에 닿 기 전 그는 남쪽의 명승지를 모조리 돌고 나서 천하에 그보다 더 아름다운 곳은 없다고 생각했다. 그러나 동쪽 명주 원주 지경에 이르러 높은 산봉우리와 더욱 맑은 물 골짜기에 넋을 잃었다. 거 기 사는 주민들이 위태로운 산비탈에서 밭을 갈거나 거두는 것이 별천지처럼 여겨지며 지난날 구경하던 경치는 그보다 훨씬 뒤져 비교할 바가 아니었다. 고개를 넘어 북으로 바닷가에 이르러 작은 성에 올라 사방을 바라보니 어스름한 황혼빛이 깔리고 어촌에는 등불이 깜박여 객수客愁마저 실로 깊었다. 객줏집에 들어 천둥치 듯 출렁거리는 강물소리에 시 한 편을 지었다.

> 서러운 주민들 태반이 바다에 나가
> 백 길 산마루에 우뚝 솟은 높은 집
> 돛대 그림자 사뿐히 오면 어물전 넓어지고
> 다투어 주름지는 물결 바다는 아득하네.
>
> — 임춘, 《명산답사기》 중 〈동행기〉에서

마을의 새벽 닭소리를 들으며 길을 떠난 임춘이 당도한 곳은 낙산 서쪽 길옆 외딴 곳. "소나무가 있는데 마디와 잎이 또렷하고 구불구불한 가지가 땅을 덮어 여남은 걸음이나 그늘을 드리우고 있다. 이렇게 괴상한 소나무가 이 세상에 또 있을까"라는 묘사가 눈에 띈다. 그 길로 곧장 골짜기로 들어가서 그는 "안은 깊숙하고 고요하며, 구름이 비쳐 아롱대는 물은 인간이 사는 곳이 아니요, 신선이 사는 곳인 듯 인격이 고결한 선비의 유적이 완연하다"고 전하는데 "옛날 신라의 원효대사나 의상대사라면 신선굴 속에서 관음보살을 직접 보았으리라"고 생각한다. 그러나 그는 평범한 인간, 신선을 만나지 못하고 그대로 가는 서글픔을 토로하면서 시를 두 수 짓는데, 하나는 〈원효를 회상하며〉이고 또 하나는 〈의상대사를 회상하며〉이다.

> 지팡이 짚고 좋은 경치 찾아 바닷가에 이르니
> 바라뵈는 묘한 경치 허무에서 나왔도다.
> 대사로 인연해 신령한 응답 돌리지 못했다면
> 어떻게 신룡의 진주 얻어낼 수 있었으리.
>
> — 임춘, 《명산답사기》 중 〈동행기〉에서

천년 고찰이 한순간 한줌의 재로 변했다. 마음이 온통 동쪽에 가 있다. 하늘 아래 바라뵈는 경치가 묘하다. 기이한 소나무들은 다 어디로 간 것일까. 허무를 갚을 신령한 응답이 그 어느 때보다 절실한 시기이다.

들길의 노래를 들어라

　폭풍우 요란한 밤 어둠에 잠긴 서가를 더듬어 하이데거의 〈들길〉을 찾아 읽는다. "들길은 호프라그텐 성문을 빠져 나와 엔리트 쪽으로 치닫고 있다"로 시작하는 이 글을 처음 접하게 된 것은 한국 문학계의 거목 김윤식 선생의 《운명과 형식》이라는 비평 선집을 통해서였다. 《운명과 형식》은 선생의 문학 비평가로서의 '입장'을 한권의 책으로 보여주는 작업으로 1990년대 이후 한국의 인문학 분야에 중요한 역할을 수행해오고 있는 솔 출판사의 '입장총서' 속에 들어 있다. 이 총서는 국내외 사상가들 및 학자들의 편력을 통하여 수많은 입장 속에서 우리 자신의 철학과 사상을 정리한다는 취지하에 10여 년간 지속적으로 간행되었는데, 평생 소설과 문학 연구에 바쳐온 선생의 방대한 저작물들 중에 내가 유독

이 책을 좋아하는 이유는 선생의 문학적 업적을 한권의 책으로 조망하는 매력도 있지만, 그와 더불어 선생의 육성을 그 어느 때보다도 가깝게 느낄 수 있기 때문이다. 개울가에 서있는 포플러나무를 보고 자란 소년, 쪽빛 바닷물과 같은 그리움을 품은 소년, 누이의 어깨 너머로 엿본 문자의 풍경으로 시작되는 이 책의 서두 부분은 칠순을 맞아 간행된《내가 살아온 20세기 문학과 사상》의 전편을 메아리로 감싸며 울려퍼지고 있어 인상적이다.

김윤식의 '포플러나무'에 대한 추억은 하이데거의 '들길'에 비견되는 고향의 노래이다. 그들의 심오한 철학과 문학을 헤아리지 못한다 하더라도 그들의 '들길'과 '포플러나무'의 추억은 만인의 가슴에 울려퍼진다. 누구나 지나온 유년의 노래이기 때문이다. 유년의 삽화치고 가슴치게 아름답지 않은 것이 있으랴. 부모와 국가로부터 물려받은 것이라고는 가난과 절망뿐이라고 해도 유년의 풍경은 라파엘의 그림 같은 것. 유토피아가 거기 있다. 페스트처럼 당장에 치명적이지는 않지만 그리움이나 아름다움은 전염력이 큰 아름다운 병이다. 하이데거의 '들길'이 아니었으면, 김윤식의 '포플러나무'도 없었을 것이고, 폭풍우 치는 밤 잠 못 이룬 채 어두운 창가를 서성이는 나의 질문도 없을 것이다.

하이데거에게 '들길'이 있다면, 그리고 김윤식 선생에게 '포플러나무'가 있다면 나에게는 무엇이 있는가. 내 유년의 풍경 속에도 들길이 있었고, 포플러나무가 있었다. 그러나 하이데거와 김윤식이 아니고서도 그들은 변함없이 내 안에서 살아 숨쉬고 있을까. 나의 들길과 포플러나무가 있는 유년의 풍경 속에는 붉은 양철 지붕과 포도나무와 백합, 그리고 항아리가 있다. 그들이 들길과 포플러나무의 이름을 불러주었다면, 나에게는 항아리가 있었던 것이다.

뜨거운 태양으로부터 어린 나를 보호해주던 붉은 양철 지붕과 그 여름의 포도나무와 백합, 그리고 항아리는 다 어디로 가버린 것일까. 초고층 콘크리트 아파트 숲이 내 유년의 터전을 파헤치고 들어서고, 나는 간혹 이방인이 되어 낯선 눈으로 그 숲을 지나간다. 숲으로 들어갈수록 길은 깊어지지 않고, 어디를 보아도 언덕은 보이지 않는다. 높은 곳에 오르려면 엘리베이터를 타는 길 이외에 도리가 없다. 언덕에 오르면 나의 '들길'에게 인사를 보내고 싶어진다, 하이데거처럼. 그리고 멀리 멀리 바다로 향해 흘러가는 개울가 포플러나무들에게 손을 흔들고 싶어진다, 김윤식 선생처럼. 이제 그것은 오래된 미래의 풍경, 문학만이 지켜갈 고향의 노래. 폭풍우 요란한 창가, 어두운 서가를 서성이는 여름밤이 깊어간다.

내 소설의 주인공 〈푸른 모래〉의 그에게

지금 당신은 어디에 있나요? 아직도 나는 당신의 바닷가를 맴돌고 있습니다. 푸른 모래靑砂일까, 푸른 뱀靑蛇일까. 지난해 10월 첫 편지 끝에 당신은 청사포에 살고 있다고 했지요. 당신의 편지를 열어보는 순간 가슴이 흔들렸던가. 확실하지 않지만, 분명한 것은 당신의 이름, 당신이 살고 있다는 바닷가는 그때까지 제가 한번도 들어보지 못한 미지의 세계였습니다. 당신은 편지로 그치지 않고 저를 간절히 초대하고 있었습니다.

푸른 모래 너머로 태양이 안식하는 곳, 당신을 이곳으로 초대합니다.

소설, 아니 소설적인 것, 아니 '진짜 리얼한 허구', 그러니까 '진짜 픽션 같은 현실'을 갈망하고 있던 차에 당신의 편지는 비수처럼 제게 꽂혔습니다. 그 순간 소설은 저절로 써지고 있었던 것이지요. 당신의 계속되는 편지는 제 안에 잠들어 있던 무수한 그녀들 중 한 여자를 깨웠습니다. 급기야 그녀를 당신께, 당신이라는 그에게 달려오도록 만들었지요.

저는, 아니 그녀는 초고속 열차를 타고 당신께, 아니 그에게 갑니다. 저는, 아니 그녀는 누구인가? 저는 그즈음 모래와 모랫가루가 가득한 덧없는 소설(〈城이 의미하는 것 또는 아무것도 아닌 것〉)을 막 마친 참이었고, 그녀는 둔황 동굴 벽화에 사로잡혀 있다가 10년 만에 돌아온 화가였지요. 사람들은 그녀를 사막의 꽃이라, 환각에 홀린 여자라 불렀습니다. 그녀는 하루하루 그에게 가는 꿈을 꾸었고, 그는 그녀의 숨결을 놓치지 않았지요.

당신이 오시는 순간 이 바다와 푸른 모래는 당신의 것입니다.

어찌 제가, 아니 그녀가 푸른 모래, 그 모래 언덕 너머로 사라지는 길, 푸른 뱀을 거부할 수 있겠습니까. 소설은 이제 편지의 자리를 대신하지요. 소설적인 것이라, 진짜 '리얼한 허구' 또는 '픽션 같은 현실'이라 했지만, 사실 저는 환각을 꿈꾸고 있었습니다. 우연의 극치에서 피어나는 견고한 환각의 꽃, 나아가 현실의 결정체를 욕망했던 것이지요. 바로 역에 마중 나온 당신, 아니 그가 저, 아니 그녀에게 건넨 "세상에 이런 일도 있군요"라는 한마디 말입니다. 네, 저는 바로 당신의 그 한마디를 증명하기 위해 소설을 쓴 것인지도 모릅니다. 당신의 존재를 확인할 방법으로 소설 이외의 길이 없었던 것이지요.

당신은 약속을 지켰습니다. 저를 바닷가 모래밭으로 데리고 갔지요. 저는 푸른 모래를 보았던가. 잠시 눈을 감아야 했지요. 바닷물이 덮칠 듯 거대하게 출렁이고 있었습니다. 물결은 구릿빛 푸른 먹빛 그리고 납빛으로 변해갔습니다. 저는 변화로운 빛과 역동하는 물결 속에 그와 그녀를 세워놓았습니다. 바닷물이 납빛 구릿빛 먹빛을 벗어나 다시 푸른빛을 띨 때까지, 모래가 그 빛으로 다시 태어날 때까지, 그리하여 푸른 모래 언덕 너머로 뱀처럼 가느다란 길 하나가 사라질 때까지.

소설은 끝이 났지만, 당신은 소설 밖에서 여전히 살아 숨쉽니다. 여행이 끝나자 비로소 길이 시작된다는 고전적인 명제를 당신은 온몸으로 보여주고 있습니다. 소설이 현실 혹은 미래의 길을 찾아주는 기이한 경우를 〈푸른 모래〉에서 경험합니다. 여기에 무수한 익명의 독자인 동시에 유일한 당신의 존재 이유가 있고, 소설가인 저의 운명이 놓여 있지요. 어디까지가 환각이고 어디까지가 현실인지, 무엇이 환각이고 무엇이 실체인지 경계를 찾을 필요는 없습니다. 소설 쓰는 일이 가끔 고통을 넘어 행복한 것은 바로 당신이 있기 때문입니다. 당신, 제게 와주어서, 고맙습니다.

눈길 위의 두 사람

　눈이 많은 12월이다. 내가 살던 곳은 백마역이 내려다보이는 17층 아파트의 17층 꼭대기. 눈 내리는 새벽이나 바람 부는 저녁, 어스름 어둠 속에 깜박깜박 피어나는 따스한 불빛들을 내려다보인다. 저기 어딘가 내가 아는 발길이 지나가고 있지는 않은가. 등불 하나가 되어 걸어오고 있지는 않은가. 중세 고탑에 유폐된 듯 하루 종일 눈 내리는 창가를 서성이다 보면 낯익은 목소리가 하나 들려온다. 신춘 때면 소설가 지망생들에게 들려주곤 했던 목소리이다. 하얀 눈길에 난 발자국을 밟으며, '내 자석아, 내 자석아', 한도 없는 눈물 흘리며 아들을 부르는 어머니의 목소리. 이청준의 아름다운 소설 〈눈길〉의 어머니의 목멘 부름 소리이다.

　여기 아들과 어머니가 있다. 도시에서 오랜만에 노모가 살고 있는 고향으로 아내와 휴가차 내려온다. 고향 마을엔 지붕 개량 사업이 추진중이다. 어머니는 아들에게 지붕 개량을 은근히 기대하며 말을 꺼내지만 아들은 이를 매정하게 외면한다. 그 냉담함에는 어머니에게 빚진 게 없다는 당당함이 배어 있다. 형의 술버릇으로 집은 파산하고, 고등학교를 어렵게 다녔음은 물론 형의 가족까지 부양하느라 힘겨운 삶을 살아야 했다는 것이 그가 어머니에게 품은 당당함의 내력이다.

그러나 어머니와 아들 사이에 흐르는 냉기를 답답하게 의식한 아내는 어머니에게 옛 이야기를 청해 들음으로써 아들과의 화해를 시도한다. 어머니는 옛날 번듯했던 집을 팔아야 했을 때, 이미 남의 집이 된 집에서 마지막 잠을 재운 뒤, 다음날 아직 깜깜한 새벽길에 상경하는 아들을 면소 차부까지 바래다주고 돌아오던 눈길을 이야기한다. 아들은 떠나고 홀로 아들과 함께 걸었던 그 길에 난 아들의 발자국을 되밟아 오면서 어머니는 '내 자석아, 내 자석아' 목이 메어 부르며 눈물을 흘렸다는 것. 아들도 그날의 서글픈 동행을 기억하고 있다. 그러나 어머니 홀로 하얀 눈길을 되밟아 돌아오던 심정을 헤아리지는 못했다. 그럴 수밖에 없었던 어머니의 자탄과 아들에 대한 미안함을 느끼지 못했다. 내내 당당했다. 아들은 그날 어머니와의 서글픈 동행의 뒷이야기를 듣고 심하게 부끄러움을 느낀다.

눈이 내리고, 그 눈길을 걸으면, 하늘도 산도 들도 온통 새하얀 세상 천지에 내 어머니의 목소리가 들리는 듯 자꾸 주위를 돌아보게 된다. 그 속에 먼저 걸어간 두 사람, 아들과 어머니의 뒷모습을 본다. 작가의 가족은 작가의 삶, 그러니까 작가 자신과 함께 또 다른 주인공이 되어 작품 속에서 살고 병들고 늙고 죽는다. 작가는 혼자 훌쩍 귀향하기도 하고, 〈눈길〉에서와 같이 아내와 함께 고향 집을 찾아가기도 한다. 그리고 때로 작가의 손을 빌어 가족이 주체적으로 참여하는 하나의 작품이 태어나기도 하는데, 이청준의 〈눈길〉의 이야기는 실제 아내와 어머니 사이에 있었던 것으로 어머니와 아내가 아니었으면 쓰이지 않았을 것이라고 훗날 고백하고 있다.

문학의 본질은 뒤돌아보는 것, 그러니까 반성과 그 울림에 있다. 아들은 새벽 눈길 아들을 버스에 태워 떠나보내고 어머니 홀로 걸어와야 했던 눈길, 그 처연한 심정은 차마 몰랐던 것. 그러나 작품은, 아니 삶은 위대해서 저절로 나머지 이야기를 잇고야 마는 것. 그 끝에 느낀 아들의 부끄러움, 거기에 문학이 깃들어 있다. 나는 오늘도 눈이 내리면, 그 눈길을 걸으며, 앞서 걸어간 눈길 위의 두 사람을 본다. 환영처럼.

꿈의 거리

부산에 가면 제일 먼저 찾아가고 싶은 데가 있었다. 누군가 부산에 간다고 하면 묻지 않았는데 그곳에 꼭 가보라고 굳이 권하곤 했다. 그러다가 마음에 오래 품은 탓인지, 가보지도 않고 그곳을 소설에 썼다. 나는 소설 속 두 남녀가 언젠가 그곳에서 만나길 바랐다. 사람들은 쉽게 그곳을 상상했다. 그러나 나의 그곳은 쪽빛 지중해에 버금가는 해운대 달맞이길도 아니고, 내가 두고두고 기리는 다리 중의 백미인 광안대교도 아니었다. 그곳은 부산 한복판에 있지만, 그렇다고 부산에만 있는 것도 아니었다. 그곳은 서울에도, 파리에도, 도쿄에도, 헤이온와이라는 영국의 작은 마을에도 있었다. 그러니까 그곳은 우리들 사는 곳에는 어디에나 시장처럼, 마음만 먹으면 당장이라도 닿을 수 있는 곳이었다. 나는 그곳에서 어렴풋이 내 미래를, 그러니까 인생을 감지했고, 그리고 그것은 내 업이 되었다.

두 살 위인 오빠는 고등학교 때부터 용돈이 모이면 세상에 나가듯 그곳, 서울 세운상가와 청계천변의 헌책방 거리로 갔다. 이른 아침 나갔다가 어두워져서 돌아오는 그의 가방에는 처음 보는 미지의 제목들이 가득 들어 있었다. 《잃어버린 시간을 찾아서》, 《악의 꽃》, 《젊은 예술가의 초상》, 《등대로》, 《율리시즈》……. 오빠가 풀어놓은 그것들은 긴 겨울과 뜨거운 여름밤이면 야금야금 내 영혼을 잠식했고, 어느새 나는 오빠의 외출을 기다리다 못해 재촉하는 성미 급한 여동생이 되어 있었다.

그런데 이상한 것은 그곳, 오빠가 한두 달에 한 번 다녀오는 마술 같은 그곳을 한번쯤 따라가볼만도 했는데 그렇지 않았다는 것이다. 그곳, 그러니까 그곳으로의 오빠의 외출을, 갸륵하게도 나는 집안의 남자가 '세상에 나가는 것〔出世〕'의 일환으로 여기고 오빠만의 신성한 몫으로 존중했던 것일까?

아니다. 맹랑하게도 나는, 그보다는 그곳에서 가져온 그 미지의 것들에 이미 사로잡혀 꼼짝달싹 하지 못했던 것. "미란 무엇인가 열렬하고도 서글픈 것. 무엇인가 어렴풋하여 추측에 내맡기는 것." 아아, 보들레르의 마약 같은 이런 구절을 만나고도 누가 자리에서 일어설 수 있겠는가!

꿈꿀 권리라는 것이 있다. 그곳은 나에게 오랜 꿈의 장소였다. 그곳, 오빠의 세운상가와 청계천변이 나에게는 보수동 헌책방 골목이 되었다. 전시戰時에 목숨 걸고 파리에 남아 파리의 거리(삶)

와 예술(정신)을 기록한 사람이 독일인 발터 벤야민이었다. 망명작가로 살다가 스페인과 파리의 국경선을 넘다 죽음을 맞이하도록 기록한 책을 통해 그는 파리를 19세기 유럽의 수도라 정의했다. 그가 파리에 남은 것은 《악의 꽃》의 시인이자 화가 들라크루아를 재발견했던 미술평론가 보들레르에게 미쳤기 때문이었다. 보들레르는 세기말 파리의 문학과 예술, 그러니까 문화의 상징 그 자체였던 것. 벤야민에게 파리가 있다면, 이제 나에게는 부산이 있다. 부산에서 제일 먼저 보수동 헌책방 골목에 가보리라 꿈꿨던 것은 애서가 오빠의 영향 탓도 있었지만, 몇 해 전 벤야민의 책에 대한 고백을 읽으면서 촉발된 것이었다. 책이라면 훔쳐도 좋다! 고 과감하게 외쳤던 위인이 벤야민이었다.

파리가 19세기의 수도라면 부산은 무엇인가. 동란기의 임시 수도, 1950년대 한반도 이남의 문화의 수도인가? 아니다. 그렇다면 거기에 머물러 있다면, 그것은 내가 꿈꾸는 부산이 아니다. 7킬로미터가 넘는 광안대교의 휘황한 야경도 청사포의 푸른 물결도 아무런 의미가 없다. 자갈치 시장 건너, 남포동 영화의 거리를 지나, 국제시장통의 억센 외침 소리를 뚫고 마침내 도달하는 곳, 보수동 헌책방 골목이 아니라면 나에게 부산이란 세상 어디에나 있는 그렇고 그런 항구 도시와 다를 바가 없다.

자갈치 시장에서 국제시장이 끝나는 데까지 저잣거리를 천천히 걸어가보라. 그 끝에, 아니 부산 한복판에 섬처럼 존재하는 곳, 보수동 헌책방 골목과 만난다. 문화란 삶에서 그리 멀리 있지 않다. 도무지 있을 것 같지 않은 곳에, 전혀 어울릴 것 같지 않은 것이 보석처럼 박혀 숨을 쉬고 빛을 낸다. 수십 갈래의 전선줄이 뒤엉킨 허공 아래 사람이 겨우 지나다닐 만큼 비좁은 골목. 월드서점, 학우서림, 동화나라, 신천지서림……. 거기, 60볼트짜리 백열전등 아래에 서면 모두가 탐험가, 발굴가가 된다. 이제 책 한 권을 손에 들고 떠나면 된다. 어디로 갈 것인가. 망망대해가 두렵지 않다. 빠져나온 골목길이 꿈처럼 아득하다.

스코틀랜드 에든버러(2005), ⓒ함정임.

인생은 아름다워!

행복은 부족함을 느끼지 않는 순간 찾아오는 것이다. 비록 한 시간이 채 안 되는 시간이
라도 가족이 함께 모여 소리 없이 공감하는 것. 아이의 표정, 아이의 짧은 탄성에서 나는
매번 행복의 순도를 느끼곤 한다. 다른 무엇이 필요한가!

어머니가 있는 풍경

몇 해 전, 모처럼 그리운 형제들과 만났다. 언니는 경주에서, 오빠들은 대전과 서울에서 그리고 나는 일산에서, 어머니의 79세 생신을 맞아 대천의 바닷가 휴양소로 모인 것이다. 매년 그날이 되면 폭우나 폭염을 걱정하곤 했는데, 올해도 어김없이 일기예보는 장마철 집중호우를 예보했다. 그러나 노모를 찾는 자식들의 마음을 이기지는 못했다. 대전과 서울의 오빠네에서는 음식을 장만하고, 경주의 언니와 나는 가슴 벅찬 하루 여행을 가는 사람처럼 언니는 새벽 기차를 타고, 나는 케이크와 와인을 준비하여 어머니께 향했다.

어머니는 낙향한 집과 이웃에 만족해하시며 천당이 따로 없다고 말씀하시곤 하는데, 나와 형제들은 홀로 잠자리에 드시는 날부터 단 하루도 예외 없이 어머니 생각에 가슴 한편에 손을 얹고 산다. 어머니의 하루 일과란 새벽에 일어나 두꺼운 돋보기안경으로 신문을 보시고, 일어나 긴 산책을 하시고, 그리고 아파트 단지 화단에 마련한 작은 꽃밭을 가꾸는 것이다. 아침식사와 간단한 집안 정리를 마친 오전 열한 시 쯤 마실 삼아 단지에 있는 노인정에 가시는데, 비오는 날에는 부추부침개도 해 드시고, 칼국수도 만들어 드시고, 또 누구 생신을 맞으면 떡도 돌려 드시고 하는 모양이다. 특별히 바쁘지 않으면 하루 이틀 간격으로 어머니께 안부전화를 올리는데, 어머니는 그날의 일과와 함께 그날이 아닌 그 어느 날의 일들을 처음 하시는 것처럼 말씀하신다.

최근의 그 어느 날의 일들 중의 하나는 대전의 오빠가 어버이날 당신을 감동시킨 일이다. 어버이날을 맞아 노인정에서 어머니와 몇몇 어른들을 체육관을 빌려 개최하는 공연에 모시고 갔고, 사정을 모르는 오빠는 어머니께 인사차 갔다가 수소문 끝에 체육관으로 어머니를 찾아간 것이었다. 어머니는 큰아들이 약속 없이 찾아와 어머니! 하고 부르는 소리에 너무 반가운 나머지 그만 눈물이 나올 정도로 감격하고 말았다.

어머니는 경주 언니가 도착하자 두 달 전의 그 감격스런 장면을 이야기하시고, 송파 오빠네가 도착하자 또 이야기하셨다. 어머니를 감동시킨 장본인인 대전 오빠는 자식들이 도착할 때마다 되풀이 이야기하시는 어머니 옆에서 잠자코 듣기만 하고 있었다. 나나 경주 언니는 어머니의 반복되는 이야기를 묵묵히 듣지 못하고 어느 순간 어머니께 민망하게 그 이야기를 돌려주고 마는데, 두 오빠는 언제나 고개를 끄덕일 뿐 두 번이고 세 번이고 말없이 어머니의 이야기를 경청했다. 그것은 인내를 넘어서는 사랑의 힘이었는데, 그들을 보면서 나는 효의 진정한 의미를 반성 삼아 되새기곤 한다.

어머니는 생신상을 받으시고 올해도 한말씀하셨는데, 작년에도 같은 말씀이셨다. 돌이켜보건대, 그 말씀은 아마 10년 전, 아니 형제들이 하나 둘 출가해나가던 20년 전부터 되풀이 되고 있었다. "내가 살아 있으니 이렇게라도 너희들이 고개 디밀고 한 자리에 모이는구나……."

언니나 나나 두 오빠 모두 이번엔 어머니의 말씀에 고개를 저었는데, 이번에도 가만히 그저 못 듣고 있는 사람은 나였다. "어머니, 걱정 마세요. 어머니 안 계셔도 우리는 계속 이렇게 모일 거예요." 그렇게 말하면서도 내심 메아리치는 것은 피붙이 간의 사랑은 본능적인 것이지만, 그러나 그 사랑을 지키기 위해서조차 노력이 필요하다는 것, 어머니는 그것을 당부하고 싶으신 것이라는 깨달음이었다.

걸어서 가자

어렸을 적에 부르던 노래가 있었다. "상쾌한 아침이다. 걸어서 가자. 너도 걷고 나도 걷고 걸어서 가자." 새 자전거를 잃어버리고 상심해서 몸을 웅크리고 자는 아이가 안쓰러워 나지막이 그 노래를 불러보았다.

언젠가, 아이의 바둑 승급 대국이 있던 날이었다. 돌아올 시간이 훨씬 지났는데도 아이가 돌아오지 않자 나는 바둑학원에 전화를 걸었다. 대국을 두러 학원차를 타고 갔다가 조금 전에 돌아와 학원 앞에 내려주었다는 답변을 들었다. 이제 벨이 울리겠구나, 기다렸다. 어느덧 토요일 오후의 해가 기울고, 석양빛이 부엌창으로 가득 들어오고 있었다. 나는 따뜻한 저녁밥을 지어 아이에게 주고 외출을 하려고 했었다. 국립극장에서 상연하는 연극을 보러

가야 했던 것이다.

밥 짓던 손을 멈추고 다시 베란다 창가로 갔다. 길에는 아무 기미가 없었다. 아파트 단지라고 하지만 조금 비탈진 진입로 옆이라 아이가 자전거를 타고 갈 때는 늘 걱정이 되었다. 그래서 아이 등 뒤에 대고 매번 '조심해라' 라고 주의를 주곤 했었다.

아이는 아무 말 없이 예정 보다 한 시간이나 늦는 경우가 없었다. 할 수 없이 아이를 찾아나섰다. 엘리베이터를 타고 내려가니, 아이는 거기 시무룩하게 서있었다. 나와 눈이 마주치자 아이는 고개를 푹 숙였다. 나는 직감적으로 자전거와 관련된 일임을 알았다. 아이는 어깨를 축 늘어트리고 두 손을 앞에 옹송그린 채 울상을 짓고 서있었다. 언뜻 큰 잘못을 해서 야단 맞을까봐 겁먹고 있는 아이처럼 보였다. 아니 겁먹고 있는 동시에 너무나 허탈해하고 있었다. 그리고 분노하고 있었다. 자전거, 산 지 겨우 6일밖에 안 된 자전거를 잃어버려서……. 그것을 훔쳐간 사람, 자전거 도둑을 용서할 수 없어서…….

외출 시간이 다가왔지만 아이와 함께 자전거를 잃어버린 곳으로 갔다. 아이가 자전거를 찾아 단지를 돌고 또 도는 사이 자전거가 돌아와 있을지도 모른다는 희망이 있었던 것은 아니었다. 걸으면서 아이에게 해줄 말이 있었다. "훔쳐가려고 작정한 사람, 그러니까 전문적인 도둑이 있지만, 즉흥적으로, 물건을 보자 탐이 나서 훔쳐가는 사람도 있다. 그건 잃어버린 사람에게도 조금의 책임이 있다. 훔쳐가도록 허술하게 간수한 것이다. 열쇠를 꽂은 채 자전거를 세워놓았다든지 (그건 가져가라는 말이지), 너무 좋은 새

물건을 사람들이 지나다니는 길에 내놓았다든지 (자전거를 갖고 싶지만 형편이 안 되어서 가질 수 없는 사람도 사실 꽤 많거든!)……."

자전거는 없었다. 자전거 도둑이 아주 멀리 멀리 타고 가버렸을 것이다. 잃어버리는 경험을 통해 얻는 것이 있어야 했다. 허탈감만이 아니라 세상을, 주위의 사람들의 마음을 더 생각해보아야 하는 것이다. 그리고 자신에게 돌아와 보아야 하는 것이다. 인간이 가진 미덕 중의 하나가 바로 반성할 수 있다는 것이 아닌가.

푸른 달 아래 자전거를 타고 날아가는 꿈을 꾸고 있는 것일까? 웅크렸던 아이의 팔과 다리가 활짝 펴져 있다. 영화 〈ET〉의 장면이 떠오른다. 외계인(ET)을 사랑한 소년이 자전거를 타고 허공을 날아 우주로 달려갔었다. 나는 잠든 아이의 귀에 대고 살며시 속삭였다.

그래, 마음껏 꿈을 꾸거라. 자전거는 언젠가 다시 선물로 널 찾아올 거다. 그때까지 걸어서, 너도 걷고 나도 걷고, 걸어서 가자.

인생은 아름다워!

어스름 어둠이 자욱한 11월 새벽 여섯 시에서 일곱 시 사이, 거실에서는 어김없이 부스럭 소리가 들린다. 그 소리가 끝나면 숨죽인 발소리에 이어 현관문을 열고 닫는 소리가 들린다. 도둑이라도 들었다 나가는 것인가? 아니면 바람, 귀신이라도? 부스럭거리는 소리의 주인공은 어려서부터 야구, 스케이트, 수영, 농구, 골프 등 온갖 운동을 한 스포츠 애호가이며 현재는 축구라면 자다가도 벌떡 일어나는 남편이다. 새벽잠이 많은 나를 위해 그는 조심조심 축구복을 챙겨 입고 발소리를 죽이며 현관문을 여닫는다. 11월 대찬 새벽바람에 그는 어디를 가는가?

몇 해 전 여름 영국 남부 솔즈베리에서 중서부 리버풀과 북부 스코틀랜드의 에든버러를 거쳐 옆의 섬나라 아일랜드를 일주하고 온 뒤로 그는 축구와 목하 열애중이다. 그의 눈에는 축구에 관련된 것이 제일 크게 들어오고, 눈을 감을 때나 눈을 뜰 때나 그의 마음은 온통 축구에 가 있다. 그러니 가족 모임에 가거나 학교에서 동료를 만나거나 그는 축구 이야기를 제일 먼저 꺼내고, 열정적으로 축구의 미학을 펼치다가, 마지막에 가서는 함께 꼭 축구를 한번 하자는 것으로 마무리를 한다.

여행에서 도대체 무슨 일이 있었기에 그가 축구광, 아니 그의 표현대로 축구왕이 되었나? 리버풀에서 에든버러로 가는 길목에 맨체스터가 있고, 그곳에는 우리의 박지성이 뛰고 있다. 박지성, 아니 축구로 말할 것 같으면, 그보다는 내가 더 할 말이 많은 사람이다. 3년 전 2002 월드컵 때에는 모 신문사 월드컵 자문위원으로 월드컵 기간 내내 매주 칼럼을 쓰며 축구장을 쫓아다녔고, 그전에는 다섯 살 배기 아들을 꼬드겨 축구공을 안고 밤의 운동장으로 나가는 열혈 축구팬이 나였다. 그런 나를 제치고 평소에는 말이 없다가도 축구라면 언제까지라도 열을 내는 것이었다.

여행에서, 그러니까 리버풀에서까지는 아무 일도 없었다. 스코틀랜드의 주도 에든버러로 입성했을 때에도 축구에 관해서는 서로 이야기를 나눈 바가 없었다. 오히려 가는 데마다 골프가 화제였다. 10여 년 가까이 골프를 쳐온 그라 에든버러의 푸르고 촉촉한 풀밭 앞에서 눈부셔했다. 7년 전 〈골프 클럽 파티〉라는 단편 소설을 쓰기는 했지만, 그래서 필드가 아닌 골프 클럽 파티에 참가한 경험과 그의 지도로 골프채를 한두 번 만져본 것 외에 나는 골프에 문외한이지만 드넓게 펼쳐진 풀밭을 보자 슬며시 골프에 대한 욕망이 생기기도 했다. 골프는 영국에서는 전국민이 즐기는 대중적인 스포츠인 반면 한국에서는 여전히 사치스러운 스포츠로 통한다.

에든버러에서는 멀리 나갈 것도 없이 주택가 공원 풀밭에서 사람들이 골프를 친다. 산책을 하러 나가거나, 시내로 외출을 할 때면 아침이나 오후나 골프를 즐기는 그들을 바라보곤 했다. 그들을 바라보는 남편의 눈에는 10여 년 가까이 스포츠로 골프를 선택했지만 자유롭게 필드에 나가지 못한 아쉬움과 부러움이 담겨 있었다. 에든버러를 떠나기 전날 오후, 비가 내리는 가운데 그는 기어이 그들에게 다가가 골프를 치고야 말았다. 아이와 나는 우비를 입은 채 나무 밑에 서서 시원스레 샷을 하는 그를 지켜보아야 했다. 골프가 뭐기에, 했던 마음은 이미 사라지고 없었다.

아일랜드에 도착해서 섬을 일주하면서 우리는 자주 길가 골프장을 스쳐 지나갔다. 그러다가 한번은 가족 미니 골프장이라 써진 곳에 차를 세웠다. 초등학교 5학년인 아이는 학교에서 1년 동안 골프를 배웠었기에 둘은 필드에 나가 나인 홀을 돌았다. 나는 멀리서 푸른 풀밭 위의 그들, 그러다가 하늘 가까이 점점이 멀어지는 그들을 바라보는 것으로 충분히 즐거웠다.

한 시간 여쯤 지났을까, 아이와 남편은 상기된 얼굴로 필드 밖으로 나왔다. 열흘간의 영국 여행을 거쳐 아일랜드로 온 지 사흘이 지나고 있었고, 강행군으로 충분히 지쳐 있을 법도 했는데 둘의 표정은 전혀 밝고 씩씩했다. 그는 아이와 그 어느 때보다도 강한 결속력으로 손을 잡았고, 어느덧 골프 이야기가 꽃을 피웠다.

급기야 더블린을 떠나기 전에 새벽 골프장에 가보자는 것으로 그는 흡족하게 입을 다물었다.

새벽 다섯 시 반, 부스럭거리며 그는 옷을 챙겨 입으며 나를 깨웠다. 섬나라 특유의 불안정한 일기가 아닌 청명한 푸른 하늘이 어스름 새벽 어둠을 떨치고 있었다. 골프보다도 나는 밝아오는 아침 하늘과 이슬에 젖은 드넓은 풀밭의 푸르름, 저 멀리 펼쳐진 더블린 하늘의 보랏빛 구름을 더듬어보는 것에 정신이 팔렸다. 아마 그가 새벽잠이 많은 나를 깨워 필드로 나간 것은 바로 그 자연, 그 장면을 보여주기 위해서였는지도 모른다는 착각까지 들었다.

여행에서 돌아와 골프채를 먼저 찾을 것이라는 나의 예상을 그는 멋지게 깨트렸다. 그가 잡은 것은 골프공이 아니라 축구공이었다. 스코틀랜드나 아일랜드에서 그들이 즐기는 골프에 해당되는 그 무엇, 돈이 들지 않으면서 마음껏 새벽 공기를 들이마시며 땀을 내고 뛸 수 있는 그 무엇을 그는 찾았는데, 그것이 바로 아이의 초등학교 운동장에서 새벽마다 벌어지는 조기 축구 경기였다.

새벽 여섯 시에서 일곱 시 사이 그는 어스름 어둠을 헤치며 축구복을 챙겨 입고 아이의 학교 운동장으로 달려나간다. 거기에 가면, 초등학교 4학년생에서부터 칠순이 넘은 노교수로 구성된 조기 축구팀이 두 팀으로 나뉘어 축구를 한다. 조직적인 팀이 아니라 플레이어는 늘 부족해서, 운동장을 도는 할머니급 아주머니도 가끔 골키퍼로 세워놓기도 한다.

그는 40대의 나이로나 수비와 공격을 겸비한 미드필더라는 위치로나 팀에서 중간이다. 그가 가족 모임이나 학교 동료들 속에서 열정적으로 축구 이야기를 하는 것 중에 하나가 바로 그 점이다. 마치 한지붕 아래 대가족처럼 한마당에서 할아버지와 아버지와 손자뻘이 함께 뛴다는 것에 그는 의미를 두고 있는 것이다. 그가 현관문을 열 때면 나는 아침 식탁을 차리는데, 문을 열고 들어선 그의 얼굴은 행복 그 자체이다. 세상의 그 무엇과도 바꿀 수 없는 순수한 기쁨이 그의 온몸에서 뿜어져 나오는 것이다. 그는 저절로 가슴을 치고 올라오는 듯 '아, 축구는 대단해!' 라고 감탄하는데, 그것은 '인생은 아름다워!' 와 함께 요즘 그의 입에서 자주 흘러나오는 감탄사이다.

부산에 직장을 둔 그는 강의가 있는 사나흘 동안은 일산의 백마 조기 축구에 나가지 못한다. 너무 아쉬워한 나머지 상사병에 걸린 남자처럼 전전긍긍하다가 급기야는 내 손을 끌고 운동장으로 달려나가기도 한다. 나는 얼떨결에 볼보이가 되어 그가 차는 공을 잡기 위해 아침해가 밝아오도록 축구장을 이리 뛰고 저리 뛴다. 목까지 차오른 숨을 몰아쉬며 나도 어느새 감탄을 연발한다. 아, 인생은 아름다워!

행복의 전도사

　겨울이 되면서 우리 가족은 저녁식사를 마친 여덟 시 경이면 그 옛날 안방 화롯가를 찾듯 서재로 모인다. 아이는 자기 방의 책상에서 하던 공부를 마친 뒤 읽고 싶은 책을 들고 오고, 나는 저녁 설거지를 마치고 책상에 앉아 노트북을 켜고, 남편 역시 간단한 집안 청소를 한 뒤 책상에 앉아 두툼한 전공 서적을 펼친다. 감정 표현에 충실한 아이는 그 순간의 서재, 밝은 스탠드 불빛 아래, 어딘지 학구적이면서 정겨운 가족 풍경에 스스로 탄성을 지르곤 한다. 행복은 부족함을 느끼지 않는 순간 찾아오는 것이다. 비록 한 시간이 채 안 되는 시간이라도 가족이 함께 모여 소리 없이 공감하는 것. 아이의 표정, 아이의 짧은 탄성에서 나는 매번 행복의 순도를 느끼곤 한다. 다른 무엇이 필요한가.

며칠 전 남편은 나에게 한 가지 빠진 게 있다고 지적했다. 아이와 나는 그게 뭐냐고 물었고, 남편은 빙긋이 웃으며 내일 아침에 알려줄 테니 평소보다 한 시간 일찍 일어날 것을 제안했다. 그러면서 무조건 당신의 뒤를 따르라고 명했다. 아이와 나는 농담이겠거니 웃다가 남편의 단호한 표정을 보고는 어리둥절한 눈짓을 교환했다.

다음날, 매섭게 추운 12월의 이른 새벽, 남편은 아이와 나를 이끌고 운동장으로 나갔다. 운동장에는 어둠 속에서 어름어름 공을 차는 사람들, 그들 옆으로 운동장을 도는 사람들이 있었다. 영하의 날씨에도 벌써 운동장에 나와 땀을 내는 이들이 있었던 것이다. 아이와 나는 처음 억지로 끌려나가다시피 하던 것이 어느덧 일주일 째 남편과 새벽 동행을 감행했다. 영국 프리미어리그의 박지성 출전 경기를 손꼽아 기다리며 챙겨보는 나에게 새로운 관전의 즐거움이 생긴 것이다. 매일 새벽마다 벌어지는 백마 조기 축구 게임. 30대에서 70대까지, 선수들의 나이를 보면 도무지 서로 어울리지 않았다.

그러나 이 10여 명의 아마추어 축구 선수들은 하나 같이 건강한 라이벌들이었다. 그들에게 나이는 오히려 축구 선수의 연륜이자 경력으로 통했다. 그들은 언제나 같은 조건에서 시합하면서 실수하고 웃고, 달리고 고함지르고 땀을 흘렸다. 모든 움직임은 무릇 상대의 공격을 차단하거나 상대의 골문을 공략하는 데 있었다. 그 외에 그들은 아무런 걱정이 없어 보였다. 찬 공기 속을 달리며 내뿜는 거친 호흡, 헛발질에 따른 아쉬움의 탄식소리, 허공에 대고 껄껄대며 웃는 소리, 우연한 발길질이 경이로운 슛이 되어 네트에 꽂힐 때의 탄성…… 자칭 타칭 아트 사커가 속출하기도 했다.

새벽, 그들의 질주를 지켜보노라면 그 속에 진정한 삶, 소박하고 단순한 삶의 즐거움을 발견하게 된다. 뛰며 내지르는 그들의 뜨거운 표정은 "나는 얼마나 행복한가!"를 웅변했다. 그 얼굴들 속에서 최고의 아름다움을 확인하곤 하는 것이다. 한 시간 동안 공을 따라 뛰어다녀서 남편의 몸은 한겨울인데도 한여름처럼 땀으로 흥건하다. 코에서 콧물이 흐르고 머리에서는 김이 모락모락 난다. 그는 붉게 상기된 얼굴로 만면에 미소를 지으며 아이의 손을 자신의 가슴으로 가져간다. 다음엔 내 귀를 가져간다. 그의 심장의 박동소리가 경쾌한 행진곡으로 들린다.

매일 저녁 서재에서의 고요한 행복에 남편은 한 가지 더해야 하는 것을 온몸으로 일깨우는 것이다. 매일 새벽 운동장에서 웃고 뛰고 땀 흘리는 건강한 행복! 그는 벌써 몇 개월째 누리는 그 행복을 기어이 나와 아이와 함께, 나아가 이웃과 두루 나눠야 한다고 외친다. 새해엔 그것을 위해 기꺼이 행복의 전도사가 되겠다는 것이다. 아이는 그렇다치고, 나 또한 조기축구명단에 골키퍼로 등재될 날이 머지않은 듯하다. 오, 인생은 엉뚱하여라, 고로 즐거워라!

인간의 길

한때 나는 아이 낳기를 권하는 사람이었다. 남성이나 여성이나 우아한 싱글을 고집하는 후배들에게는 아이를 낳기 위해서라도 어서 결혼을 하라고 자극했고, 막 한 아이를 낳은 후배나 동료들에게는 빨리 둘째를 낳으라고, 가능하면 셋째까지 낳으라고 강권했었다. 출산 전도사가 따로 없었다. 그들의 손을 덥석 잡아 힘을 실어주면서까지 뜻을 전하고 돌아설 때엔 나로서도 알 수 없는 웃음이 비어져 나오곤 했다. 내가 뭘 믿고 이러나. 아니, 어떻게 책임지려고 이러나!

나는 3남 2녀의 막내로 태어났다. 어머니는 세 살 때까지 나에게 젖을 주셨고, 언니는 나를 업어 키웠다. 마당의 꽃들과 조약돌이 벗이 되어주었고, 오빠의 교과서와 지도가 새로운 세상을 열어주었다. 전후 회복기인 1960년대 베이비붐 세대인 나는 길에서나 교실에서나 '딸 아들 구별 말고 둘만 낳아 잘 기르자' 라는 표어를 보고 살았고, 20년에 걸친 산아 제한 정책의 결과로 저출산 시대에 접어들 무렵, 한 아이를 낳았다.

내 아이가 자라는 현실은 내가 자라던 30년 전의 현실과 현격히 달랐다. 나는 마당의 꽃들과 조약돌이 아이의 벗이 되어주기를 바랐으나, 아이에게는 더이상 뛰어놀 마당이 없었다. 세상이 변한 것이다. 후배와 동료들에게 어서 아이를 낳으라고, 셋까지 낳으면 더 좋다고 큰소리칠 수 없는 세상이 되어버린 것이다. 누가 아이들의 마당을 빼앗아 갔는가?

나 어릴 적, 그러니까 마당의 꽃과 조약돌과 하늘의 구름을 벗 삼아 뛰놀던 그 시절 어디선가 들려오는, 그러나 강력한 하나의 소리가 있었다. '국가가 나를 위해 무엇을 해줄 것인가를 묻기 전에 내가 자라 국가를 위해 무엇을 할 것인가!' 이것은 문풍지를 흔들고 지나가는 바람이 전해주었나, 오빠의 교과서에서 흘러나왔나, 아니면 밤이면 고단한 육신을 겨우 눕힌 채 팔베개 삼아 들려주던 어머니의 음성이었나.

국가를 위해 무엇을 할 것인가라는 사명은 아이를 낳고부터는 아이를, 그러니까 인간, 곧 '인간 세상을 위해 무엇을 할 수 있나'로 전이되었다. 혈혈단신, 외아들을 낳아 키우면서 새록새록 뼈저리게 느낀 결과였다. 치명적인 사정이 아니라면, 피붙이 없이 아이를 세상에 혼자 내놓고 자라게 하는 것은 무책임하고 잔인한 일이다.

우리나라가 세계에서 출산율이 가장 낮은 나라라는 충격적인 보도가 있었다. 조사에 따르면 하루 평균 1,301명이 태어나는가 하면 960명은 인공임신중절로 빛을 못 보고 죽어간다고 한다. 기혼 여성의 열 명 중 네 명이 낙태를 하고 있는 실정이고, 전라도에서는 하루 사망자수가 하루 출생자수를 앞선 것으로 나왔다. 열악한 여성의 육아 환경, 비인간적인 교육 풍토, 무엇보다 우리의 식단을 장악한 정체불명의 식재료들을 보면 아이를 낳아 건강하게 키우려는 의지는 달걀로 바위를 치는 격만큼이나 무력해 보인다.

　이쯤 되면 출산 기피의 원인이 국가에 있느냐 개인에 있느냐 따지는 일은 부질없다. 프랑스와 스웨덴 같은 선진국의 인구분포도로 보았던 저출산 고령화 사회의 최접점에 우리는 서있다. 국가 경계가 희미해져가는 만큼 삶의 경계, 그러니까 가족의 형태 또한 새로운 실험 단계에 와있다.

　그러나 여기에서 우리가 간과해서는 안 되는 것이, 국가 체제나 가족의 삶에 있어서 오랜 실험을 거쳐온 프랑스나 스웨덴의 현재의 경우이다. 예전 핵가족, 계약 동거, 독신 가족의 대명사로 불렸던 프랑스는, 연어의 회귀처럼 벌써 오래전에 가족 회귀, 그러니까 적어도 둘 이상의 자녀를 삶의 최대 행복으로 추구하는 안정적 가족생활을 구현하고 있다. 그리고 유럽의 최빈곤국이었던 아일랜드는 오랜 세월 그들을 침략하고 지배했던 잉글랜드를 능가하기 시작했는데, 들여다보면 아일랜드 경제 인구의 70퍼센트가 30대의 젊은 피를 이루고 있다.

　새생명의 울음소리, 웃음소리가 사라진 세계를 생각해보라! 우리를 기다리는 것은 자폭, 아니면 자멸이다. 늦었다고 생각할 때가 가장 빠르다. 아이를 타국으로 떠나보내기 전에, 가족을 짐보따리처럼 끌고 이민을 꿈꾸기 전에, 내 몸, 내 나라를 되살릴 뜨거운 피를 느껴볼 일이다.

어울림에 관하여

    광장을 걸으며, 공사중인 광장을 걸으며 생각한다. 내가 걸어가는 광장은 일산 정발 동산에서 호수 사이 1킬로미터 남짓, 일명 미관광장이다. 나는 이 광장을 조각가 자코메티의 다리 긴 여자처럼 성큼성큼 걷다가 점차 발걸음을 늦추며 그동안 내가 본 세상의 모든 광장들을 생각한다. 내가 새삼 다시 광장론에 사로잡힌 것은, 광장 한켠을 파 엎고 거기에 옮겨 심고 있는 엄청나게 키가 큰 소나무들을 보았기 때문이다. 그들은 한없이 어색하고 불안정해 보였다. 도무지 광장에 어울려 보이지 않았다. 그 늘씬한 소나무들은 거기에 있어야 할 것들이 아니었다. 그들은 어디에서 온 것일까.

    하루 만에 2, 30미터의 소나무들이 광장에 우뚝 섰다. 10년, 20

년 광장의 역사와 더불어 자라난 것이 아니라 가건물이 뚝딱 지어지듯, 주위의 어떤 건물보다 높이 높이 세워진 것이다. 그들은 분명 생명체이나 전혀 무생물적이고, 기계적인 인공의 구조물로 보인다. 건물 옥상에 눈물겹게 마련된 인공 정원, 빌딩 앞에 법 때문에 어쩔 수 없이 옹색하게 설치된 조각품, 그리고 광장에 잡혀온 거대한 소나무들, 그들은 어울림과는 거리가 먼 존재들이다.

어울리지 않는 것, 아니 어울림을 고려하지 않는 것, 그것은 불쾌한 것이다. 폭력적인 것이다. 나는 광장을 걷는 데 장애를 느끼는 산책자처럼 불편하게 걸어가며 생각한다. 어울림에 대하여, 이 광장에 보란 듯이 이식되고 있는 착각과 실수, 그 몰지각과 무지에 대하여. 차라리 가난했으면, 차라리 문명이 아니었으면, 그리하여 제발 자연 그대로, 진정 자연스러웠으면 하고 생각한다. 이 광장, 저 나무들 이외에 얼마나 많은 착각과 실수가 도처에서 벌어지고 있을지, 생각할수록 불쾌해진다. 다시, 다시 생각해보자. 보다 멋진 광장, 보다 멋진 도시를 만든답시고, 어딘가의 흙과 나무, 어딘가의 자연을 함부로 망쳐놓고 있는 것은 아닌가.

새도시에 들어가 살았던 10여 년, 그동안 젖먹이 아이는 세상과 나름대로 소통할 수 있는 어린 인간, 보다 나은 삶, 보다 나은 세상을 꿈꾸며 세상과 어울릴 줄 아는 어린 주체가 되었다. 열한 살 아이가 걸어가던 광장은 아이의 나이보다 어린 나무들이 줄지어 서있다. 그뿐인가 광장 이쪽의 호수에는 아이의 나이보다 어린 꽃들과 새들이 제 빛 제 소리를 내며 계절과 계절을 넘나든다. 삭막하기 그지없던 새도시의 거리와 광장, 호숫가에는 어린 나무들이 하루하루 아이와 키재기를 하며 창공을 향해 숨을 쉰다.

그런데 하루아침에 번쩍 솟은 저 높은 소나무들이란 무엇인가. 무조건 크고 무조건 잘생긴 것이 좋지는 않다. 그것이 좋은 것은 주변과 어울릴 때이다. 자그마한 동산에는 키 작은 소나무가, 탁 트인 광장에는 시원한 바람이 가장 잘 어울린다. 웰빙이란 자연을 우리 삶에 이식하는 것이 아니라 자연을 섬기는 것이다. 본래의 자연으로 돌아가는 것이다. 어울림이 그 척도이다.

몽블랑, 베이글, 그리고 공주님

뉴욕 도심 맨해튼에서 허드슨 강을 건너가면 뉴저지 레오니아에 몽블랑 제과점이 있다. 파리의 아침이 기다란 막대 모양의 바게트 굽는 냄새로 시작된다면, 뉴욕의 아침은 겉은 단단하고 속은 촘촘한 베이글로 시작된다. 매년 여름이면 유럽으로 향하던 발길을 돌려 뉴욕에 머무는 동안 몽블랑 제과점의 베이글은 나의 아침을 황홀하게 해주었다. 크림치즈를 듬뿍 넣은 갓 구운 플레인 베이글에 커피, 안뜰 채마밭에서 방금 뜯은 상추와 민트로 만든 야채샐러드가 내가 일용한 아침식사. 베이글과 상추의 힘으로 나는 온종일 브로드웨이와 소호, 타임 스퀘어와 브룩클린 브릿지 등을 누비고 다녔다. 해질녘 다시 허드슨 강을 건너 레오니아의 몽블랑 베이커리로 돌아올 때면 매번 같은 생각을 했다. 도대체 베이글이

뭐기에 새끼발가락이 으깨지도록 쏘다녀도 나는 지칠 줄을 모르는가.

베이글의 유래는 분분하나 유대인들의 전통적인 빵이라는 것이 통설이다. 그러나 이제 베이글의 명성은 뉴욕의 상징물로 엠파이어스테이트 빌딩, 자유의 여신상과 어깨를 나란히 한다. 내가 뉴욕에서 맛본 베이글 중 으뜸은 몽블랑 베이커리의 베이글이다. 나는 그곳의 담백한 맛의 플레인 베이글과 건포도가 박힌 레쟁 베이글을 선호했는데, 뉴욕에서 보스톤, 또 워싱턴 D.C.로 짧은 여행을 떠났다가 돌아올 때면 어김없이 몽블랑 베이커리에 들러 다리를 쉬곤 했다.

내가 몽블랑 베이커리를 찾는 이유는 베이글도 베이글이려니와 그곳에 가면 이런 저런 사연으로 뉴욕으로 옮겨와 뿌리를 내리고 사는 한인들을 만날 수 있기 때문이었다. 몽블랑이라는 상호는 유럽의 명산 몽블랑에서 따왔다. 그곳의 박정애 사장은 한국 대기업의 독일 주재원으로 근무한 남편을 따라 오랫동안 유럽 생활을 했고, 서울을 거쳐 뉴욕에 정착한 인물. 몽블랑이라는 이름은 유럽에서 가져왔지만, 박 사장이 베이커리 운영을 결심했을 때 그녀의 머릿속에 제일 먼저 떠오른 건 옛날 서울에서 이름을 날렸던 몽블랑 제과점이었다. 그러니까 뉴욕의 몽블랑 베이커리는 유럽이 아니라 서울에 뿌리를 두고 있는 셈이다.

몽블랑 베이커리의 아침과 저녁은 사뭇 다른 풍경이다. 아침식단의 주 메뉴인 베이글을 사려는 행렬로 시작해서 담소의 장으로 끝난다. 오후의 단골손님 중에는 조선 왕조의 마지막 황손 공주님도 있다. 콜롬비아대 동양학 도서관에서 한국학 사서로 정년 퇴임한 70대 후반의 이해경 선생이 주인공인데, 뉴욕에서의 마지막 저녁을 나는 공주님과 마주 앉아 커피를 마시는 것으로 송별 만찬을 대신했다. '고종의 손녀이자 의친왕의 다섯번째 따님. 황실명은 이공, 아명은 길상. 1946년 경기여고를 나와, 1950년 이화여대 음악과 졸업. 한국전쟁이 발발, 미군사령부 도서관에서 일했으며, 이것이 훗날 사서를 하게 된 계기가 된다. 현재 뉴욕의 작은 아파트에서 독신으로 살고 있다.' 이상은 몽블랑 베이커리에서 공주님께 들은 이야기와 위키 백과사전에 기록된 내용의 일단이다.

이해경 선생이 고국을 떠난 것은 한국전쟁 직후, 혈혈단신이었다. 다시는 돌아오지 않으리라, 피눈물을 삼키며 비행기에 올랐다. 선생이 왜 고국을 떠나야 했으며, 어떻게 살아왔는가. 국가 차원의 예우와 역사가의 객관적인 시선 따위는 일찌감치 포기하고 살아온 한평생이었다. 헤어지면서 공주님과 깊게 포옹을 하던 나는 얼굴을 붉혔다. 심히, 부끄러웠다. 버스를 타기 위해 몽블랑 베이커리를 나서는 공주님의 발걸음에는 세상을 초월한 자의 경쾌함이 배어 있었다. 공주님은 오늘도 자원봉사로 뉴욕의 한인 노인들에게 합창을 지도하고 있다.

파리의 한국정원을 기림

파리 센 강 옆 파리 7대학에 가면 한국어과가 있다. 소르본으로 통칭되는 프랑스 학문의 기원인 라틴 구역에 자리잡고 있으며, 세계 석학들의 산실인 콜레주 드 프랑스가 지척에 있다. 파리에 가면 루브르도 있고, 노트르담도 있고, 개선문도 있지만, 나에게는 무엇보다, 오동나무 몇 그루 푸른 그늘을 드리우며 서있는 죄시외 광장의 파리 7대학 한국어과가 있다. 그리고 몽파르나스 묘지.

이 세 곳이야말로 내가 파리에서 한국을 생각하기에 가장 내밀한 곳이다. 물론 파리에는 서울의 이름을 단 공원도 있고, 문제의 외규장각 도서도 있고, 백남준의 비디오아트도 있다. 파리의 하늘 밑에서 숨쉬고 있는 한국의 보물들이란 때로 아픔으로, 때로 놀라움으로, 때로 안타까움으로 다가오는데, 이 모두를 내밀하게 감싸

고 있는 원점이 오동나무 광장의 파리 7대학 한국어과와 몽파르
나스 묘지이다.

　1928년 11월 8일 이옥 2001년 7월 28일. 파리 7대학 명예교수. 프
랑스에서의 한국학 창설자. 국민명예훈장, 교육공로훈장, 대한민국
국민명예훈장.

　이것은 몽파르나스에 있는 한 묘비명에 새겨진 문구이다. 여기
에서 '이옥'을 제외한 전부가 불어로 쓰여 있다. 이옥이란 누구인
가? 묘비명만큼, 그 사람의 일생을 간단명료하게 요약해주는 것
이 있을까? 곧 정직한 것이 있을까? 나는 파리에 갈 때면 마치 내
혈족이 거기 묻혀 있기라도 하듯 한번도 거르지 않고 몽파르나스
묘지를 찾곤 했다. 사르트르와 보브아르, 보들레르와 베케트, 그
리고 뒤라스 등이 잠들어 있는 그곳의 초록색 문을 들어서면 이
세상 어디에서도 느낄 수 없는 심적 평온을 얻곤 했다. 그런데
2001년 이옥 선생이 거기에 영원의 거처를 마련한 이후, 나에게
는 이 묘지를 찾아가야 하는 발길이 더욱 간절해졌다.
　묘비명이 보여주듯, 이옥 선생은 프랑스에서의 파리 7대학의
한국학과 창설자이다. 파리 7대학 34건물의 나선형 계단을 밟고
올라가면 어둑어둑한 복도에 한국어과, 중국어과, 일본어과가 줄
지어 나타나는데, 이들 동양언어학부 중에서 한국어과의 표정은
중국어과와 일본어과에 비해 고요하다.
　이옥 선생이 파리 7대학에 한국학을 창설한 것은 1970년대, 무

려 40년 가까운 세월이 흘렀다. 이옥 선생은 가고, 파리의 한국학과는 새로운 도정 위에 놓여 있다. 올해 이 한국학과가 한국의 언론 매체에 자주 등장했는데, 바로 이 대학이 이전할 신축 건물에 선보이게 될 한국정원 조성에 관한 뉴스 때문이었다. 이는 희소식이 분명했지만, 속내를 들여다보면 달걀로 바위를 치는 것만큼이나 힘겨운 우여곡절의 연속이었음을 알게 된다.

파리 7대학의 한국정원은 순전히 마틴 프로스트라는 한 프랑스인 학자의 열정의 산물이다. 한국사 전공의 젊은 학자 이옥 선생의 집념이 40년 전 척박한 파리 땅에 한국학의 뿌리를 내리게 했다면, 파리 동양어학부의 한국정원은 그곳에서 한국어와 한국문화를 강의하고 있는 프로스트 교수의 헌신적인 노력이 아니었으면 불가능한 일이다. 소르본과 하버드, 동경대와 서울대에서 영어, 동양언어학, 일본어, 한국어를 전공한 프로스트 교수는 일찍이 연세대에서 불문과 교수로, 또 주한프랑스대사관의 문정관으로 재직했고, 한국어와 한국 전통 문화예술에 특히 심미안을 가지고 있는 인물이다. 날로 막강해지는 중국학과 일본학과에 맞서 한국학과의 품위를 지켜보고자 하는 그녀의 마음이 한국정원으로 통한 것이다. 그러나 부지를 얻어내고, 설계도를 마련해서 2년여 동안 한국의 유수 대기업들과 정부 문화기관들에 지원 요청을 했으나 거절받기 일쑤였다. 어렵게 마련한 한국정원 부지는 중국이나 일본에 넘겨주어야 하는 위기에 처했고, 그 소식이 한국의 일반인에게 알려지면서 급기야 순수 후원모임인 '파리7대학한국정원' 온라인 카페가 만들어졌다. 결국 지난 6월 한명숙 국무총리가

7대학을 방문해 정부 차원의 지원을 약속한 상태에 이르렀다.

런던 대영박물관에도, 뉴욕 메트로폴리탄 박물관에도 한국관이 있다. 그런데 문제는 달항아리와 서화 몇 점 전시되어 있을 뿐 관람객의 발길을 끌지 못하고 있다는 것이다. 개관만이 전부는 아닐 것이다. 터를 잡았으면 뿌리를 내려야 한다. 꿈틀거리며 살아나가야 한다. 유럽의 심장부 파리에 한국정원을 마련한 프로스트 교수의 열정에 고개를 숙이며, 한국학과의 살아 있는 도약을 기원한다.

어느 소설가 선생의 골방 의식

"도대체 소설은 어떻게 가르치는 겁니까?"

얼마 전 모 일간지 기자와 인터뷰 도중 인터뷰 내용과는 별도로 평소 궁금했다는 듯이 기자가 물었다. 그때 나는 신촌에 있는 예술대학 문예창작학과에서 네 시간짜리 문학 수업을 마치고 기자를 만난 것이어서 과격한 운동을 했을 때나 밤새 원고를 썼을 때만큼이나 극심한 피로감에 시달리고 있기도 했고, 기자는 큰 의미 없이 던졌을 테지만 나에게는 기습적인 동시에 근본적인 질문이기도 해서, 그리고 무엇보다 그것을 한마디로 설명하기 쉽지 않아서 머뭇거리고 있는 사이 기자가 또 물었다.

"소설 쓰는 법 같은 것이라도 따로 있습니까?"

나는 그때 기자에게 말하기는 했으나 뚜렷하게 기억나지 않는 것으로 보아 명쾌한 답변은 아니었던 듯싶다. 지금 또 누군가 나에게 똑같은 질문을 한다면 그때와 상황이 달라지지는 않을 것이다.

내가 대학을 진학할 때는 국문과 이외에 문예창작학과에 대해 들어본 바가 없었다. 프랑스 문학을 전공한 까닭에(다 그런 것은 아니지만) 당대의 우리 소설에는 눈돌릴 틈이 없었고, 시 소설 동인 활동도 생각해본 바가 없었다. 문학인이 되고자 한 것이 아니라 외국문학자 또는 외교계 종사자가 되려는 꿈이 있었는데 우연히 대학신문사 현상 공모에 투고한 시가 대학문학상으로 뽑히는 바람에 문예지의 청탁을 받게 되었고, 그 문예지에 다니는, 그때 만난 과 선배의 권유로 문예지 기자 입사시험을 보게 되면서 시인과 작가, 비평가와 같은 문인들의 세계에 한발을 들여놓게 되었다.

프랑스 시와 소설을 강독하면서 자극받아 시 비슷한 것을 써대던 버릇에, 문예지 기자인 나의 청탁으로 쓰인 소설들을 최초의 독자로 읽게 되면서 받은 자극이 더해져 소설 비슷한 것을 쓰기 시작했다. 그리고 내가 쓴 것이 무엇인가를 알기 위해 신문사 신춘문예에 응모했고, 그것이 소설로 판정이 되면서 소설가 길로 들어선 것이었다. 그날 기자가 "나에게 소설은 어떻게 가르치는 것이냐"고 묻는 대신, "나에게 소설을 쓰도록 자극한 스승은 누구인가"라고 물었으면 내 말문은 쉽게 터졌을 것이다.

소설쓰기는 도무지 가르칠 수가 없는 법이다. 가르치기보다는 자극을 주는 것. 자기도 모르게 쓰도록 절박함의 궁지로 내모는 것. 진정한 소설 수업은 강의실에서 이루어지는 것이 아니다. 강의는 자극을 위한 만남일 뿐이다. 진정한 소설은 강의실을 떠나 골방에서 이루어지고 써지는 것이다. 세상을 통과한 골방으로의 인도, 소설가 선생의 역할은 바로 거기에 있다. 올 봄엔 저 높고 좁은 골방의 문고리를 힘차게 잡아 여는 문청들을 좀더 많이 보고 싶다.

페니 레인 그 하늘

    몽고나 바이칼, 바그다드나 리우데자네이루처럼 멀리 떨어져 살고 있지 않으나 자주 못 만나는 선배에게 10월 편지를 썼다. 제목을 '페니 레인 그 하늘'이라 붙였다. 그리고 하루 종일 틈만 나면 하늘만 바라봤다. 하늘에 무엇이 있는가. 흰 구름 몇 점, 나머지는, 아니 온통 푸른 허공. 그리고 아무것도 없다. 호수 옆에 살 때는 서쪽 하늘을 심해의 고래처럼 선회하는 비행기를 볼 수 있었는데 열차역 옆으로 이사와 살면서는 그마저 없다. 보이지 않으나 지저귀는 새소리가 가끔 들릴 뿐. 그럼에도 하루 종일 틈만 나면 하늘을 바라보는 이유는 바로 그 높고 푸르고 텅 빈 하늘이 또 다른 하늘, 그러니까 또 다른 세상, 또 다른 이야기를 떠오르게 하기 때문이다. 그리하여 가까운 사람의 어깨를 두드려 그 이야기를 들려주고 싶기 때문이다.

그렇다. 빨래를 널다가, 글을 쓰다가 문득 바라본 하늘, 그 하늘에 내 마음이 조금 흔들렸던 것이다. 무엇인가 그리워지고, 부르고 싶고, 그래서 이야기를 하고 싶었던 것이다. 그래서 나는 카이로나 페루, 마다가스카르나 알래스카처럼 멀리 떨어져 살고 있지 않으나 자주 못 만나는 선배에게 10월 편지를 쓴 것이다. 제목을 '페니 레인 그 하늘'이라 붙이고, 지난 여름 내가 가보았던 페니 레인, 그 하늘 애기를 썼던 것이다.

페니 레인은 리버풀 교외에 있고, 그곳은 비틀즈의 명곡 〈페니레인〉에 고스란히 묘사되어 있다. 리버풀의 비틀즈 투어로 페니 레인에 갔다가 돌아오는 길 내내 나는 하늘만 바라봤다. 섬나라 영국의 무겁고 습기 많은 하늘과는 다르게 그날은 하늘 한가운데 태양이 빛나는 가운데 심해처럼 짙푸르게 나를 사로잡고 있었다. 차 안에서는 비틀즈의 그 노래, 페니 레인과 지척에 있는 〈스트로베리 필드 포에버〉가 흘러나왔고, 나는 차창으로 지나가는 나뭇가지 사이로 펼쳐지는 하늘을 미친 듯이 사진에 담았다.

"페니 레인, 거기엔 이발소가 하나 있지요. 이발소 벽에는 주인 이발사의 손을 거쳐간 재밌는 머리 사진들이 주욱 걸려 있답니다. 사람들은 오고가며 잠시 멈춰 서서 인사하지요. 안녕하세요?"라고. 비틀즈 다른 노래들처럼 〈페니 레인〉과 〈스트로베리 필드 포에버〉는 한 편의 영화처럼, 한 편의 소설처럼 이야기가 있고, 풍경이 있다. 그리고 무엇보다 사람 냄새, 유년의 추억이 진하게 담겨 있다. "페니 레인, 그곳은 내 눈, 내 귀 속에 살아 있습니다. 거기, 소박한 교외의 하늘 아래 나는 잠시 앉았다 돌아옵니다."

　나는 아마 선배에게 10월의 높고 푸른 하늘을 조금 색다르게 전하고 싶었던 것이리라. 빨래를 널다가, 글을 쓰다가 문득 바라본 하늘은 언제나 처음처럼 열려 있는 것 같지만, 그러나 그 높고 푸른, 그래서 아아, 감탄사밖에는 도무지 나오지 않는 그 순수 허공은 작년에도 재작년에도, 그 이전에도 주욱 이맘때면 그렇게 내 머리 위에 펼쳐졌던 것이다. 오늘, 올해에도 그 하늘, 그러나 이 가을엔 조금 다른 방식으로 하늘 이야기를 쓰고 싶었던 것이다. 이발사와 은행원과 소방관이 주인공으로 나오는 페니 레인, 그 세 갈래 길을 돌아오다가 만난 푸르고 푸른 하늘, 그 소박한 교외의 하늘 이야기를.

아직도 그 거리엔 벚꽃이 피어 있겠지

   황사 바람이 비껴간 봄날 아침, 강남에 직장을 둔 선배로부터 편지가 왔다. 말없음표가 많은 편지, 중간에 시 한 구절이 비석처럼 박혀 있었다. "기다리지 않아도 봄은 오고, 기다림을 잃었을 때에도 너는 온다고 했던가." 봄과 너라는 단어에 눈길이 머물렀다. 선배가 말하는 봄이란 벚꽃을 의미하는 것이었다.

   작년 이맘때 독립예술영화를 만드는 영화감독 후배와 선배랑 홍대 앞 주점에서 만나 이야기꽃을 피웠다. 이야기꽃 중 하나가 지척에 있는 피카소 거리의 벚나무였다. 피카소 거리 중간쯤에 서 있는 벚나무 한 그루, 10년 동안 그 거리를 숱하게 오가면서도 나는 그 나무를 주목한 적이 한번도 없었다. 그런데 그날 유독 그 나무가 눈에 들어온 것이었다. 나는 횡단보도를 건너 약속 장소에 가려던 참이었고, 나무는 내가 서있는 횡단보도 맞은 편, 편의점과 전신주와 도로가에 빼곡히 정차된 차들 사이에 끼어 박힌 채 환하게 꽃을 피우고 있었다. 어둠이 내리고 있었고, 바람이 적당히 불고 있었고, 먹구름이 바람 따라 움직이고 있었다. 먹구름 사이사이 하루의 잔광이 시야를 트고 있었는데 어느 순간에는 나무를 비추는 조명이 되기도 했다.

나는 신호가 바뀌었는데도 횡단보도를 건널 생각을 하지 않고 우중충한 봄날 저녁을 환하게 비추고 있는 한 그루 벚나무 꽃을 넋을 놓고 바라보았다. 내 발길, 아니 내 눈길을 사로잡은 그 나무는 전혀 아름답지 않았다. 오히려 그로테스크했다. 나무가 서있는 허공은 전선줄이 얼키설키 뻗어 있었고, 그 아래 인도는 온갖 군상의 젊음들이 서성이거나 어깨를 부딪치며 오가고 있었고, 그 옆 차도에는 신호를 기다리는 차들이 정차하다시피 즐비해 있었다. 나무가 제대로 가지를 뻗고 서있을 수 없었다. 차라리 찢기고 졸아들고 일그러진 모습이 자연스러울 지경이었다.

몸은 비록 홍대 앞 주점에 앉아 있어도 때는 바야흐로 상춘의 절정, 꽃 이야기가 빠질 수 없었다. 선배였던가, 영화감독 후배였던가. 드디어 꽃구경, 벚꽃이야기가 나왔다. 영화감독 후배는 내일 모레면 영화제 참석차 지구의 반대편 부에노스아이레스로 떠날 것이었고, 돌아오면 봄은 아주 가버릴 것이었다. 기어이 꽃구경을 해야 한다고 후배는 보챘다. 강 건너 윤중로에 벚꽃이 한창이다, 남산 밤 벚꽃이 장관이다, 아니다 조금 더 용기를 내면 서산 개심사 가는 벚꽃길은 어떤가……

서로들 인상적인 벚꽃의 기억들을 꺼내놓았다. 선배 차례가 되자, 입술이 슬며시 미소로 벌어지더니, 편의점과 전신주 사이에 서있는 그로테스크한 벚나무 꽃을 소개했다. 그러자 선배와 나를 제외한 나머지 두 사람의 표정이 맞장구를 치듯 동시에 환해졌다. 모두들 나처럼 그 나무를 보았단 말인가. 그 자리에서 나는 그 나무에게 선배의 이름을 붙여주었다. 선배는 자신이 그렇게 못생겼냐고 항의했지만, 얼굴엔 꽃보다 환한 미소가 가득 번져 있었다.

　그날 이후 나는 피카소 거리를 오갈 때면 선배의 나무를 찾아 선배에게 하듯 안부 인사를 전했다. 그러다 어느덧 나무의 존재를 잊기도 했다.

　기다리지 않아도 봄은 오고, 기다림을 잃었을 때에도 너는 온다고 했던가. 시간이 없다. 꽃은 벌써 져버렸을지도 모른다. 아니다 아직도 그 거리엔 벚꽃이 피어 있을 것이다. 선배에게 답장을 했다. 지금 간다고, 달려간다고, 저기 아직 봄이 조금 남아 있다고, 꽃잎이 아직 하나 둘 날리고 있다고.

꽃이여

꽃이 핀다. 지천에 노랗게, 하얗게, 붉게, 심지어 파랗게 꽃이 핀다. 휘영청 밝은 달이 제일 먼저 뜬다는 달맞이 고갯길로 꽃을 찾아나선다. 고갯길 아래엔 기찻길이 놓여 있고, 그 아랜 파도 철썩이는 푸른 바다다. 바다의 푸른빛, 꽃 또한 푸르지 않겠는가.

일산 백마역 옆에서 살다가 남쪽 끝 푸른 동해안선을 따라 철도가 놓인 해운대 달맞이 언덕 아래 기찻길 옆으로 이사 온 그 해 봄. 캠퍼스엔 벌써 벚꽃이 꽃망울을 터뜨렸다는 남편 말에 솔깃하여 밤 산책 삼아 꽃구경을 나갔다. 남편은 언덕길을 오르며 첫 벚꽃을 구경하느라 학생이고 선생이고 하루 종일 캠퍼스가 북적였다고 아직도 들뜬 기분이었다. 부산에 이사 온 뒤로 만나는 사람마다 새로 살게 된 달맞이고개 벚꽃이 장관이라는 말을 빠뜨리지 않았다. 서울보다 개화가 빠른 탓에 자칫 그 장관을 놓칠 수도 있다는 남편의 속삭임에 그만 저녁 설거지도 미룬 채 청청한 저녁 어둠을 가르며 밤 산책을 나간 것이었다.

꽃은 어디 있는가? 가파른 고갯길, 거침없이 펼쳐진 바다를 향해 쭉쭉 뻗은 벚나무 가지들, 나는 꽃을 찾아 두리번거렸다. 봄 햇살 아래 꽃을 보고 온 탓에 불그스름해진 얼굴로 남편은 같은 부산이지만 금정산에 위치한 캠퍼스보다 바닷바람이 부는 이곳은 온도가 낮아 개화가 늦은 것 같다며 잔뜩 부풀어 오른 꽃망울들을 올려다보며 머쓱하게 웃었다.

벚꽃이 뭐기에! 나는 속으로 해마다 봄이면 몸살을 앓듯 나에게 꽃구경 타령을 하던 선후배 지인들의 얼굴을 떠올렸다. 그리고 봄이 끝나갈 때면 서산으로, 진해로, 쌍계사로 기어이 벚꽃 구경을 다녀왔다는 그들의 만족스런 후일담을 듣던 어느 봄밤을 그리워했다. 나는 웬일인지, 매번 벚꽃 만발할 때면 밀린 일이 더 많아, 집을 떠날 엄두를 내지 못한 채 아파트 단지를 하얗게 수놓은 벚꽃만으로도 황홀해할 뿐이었다.

사정이 이러한 까닭에, 해운대 달맞이고개로 이사를 오면서 '그래, 이번엔 제대로 꽃구경 좀 해보자'고 다짐하기도 했다. "달맞이고개에 새로운 명소가 하나 생겼다던데?" 송정으로 이어지는, 채 피어나지 않은 벚꽃길을 가다가 남편이 갑자기 생각났다는 듯이 목소리를 높였다. 과연 얼마 안 가 꽃길 중간에 나무계단이 어두운 허공을 향해 놓여 있었다. 어느 산중 태생인지 결이 부드럽고 목향木香이 싱그러웠다.

허공을 밟듯 나무계단을 오르자 오른편으로 해운대와 광안리, 그 사이에 놓인 부산의 명물인 광안대교는 물론, 왼편으로는 송정의 아름다운 해안선이 꿈의 장면인 양 펼쳐졌다. 아, 나는 꽃 앞에서, 또 시원의 푸른 바다 앞에서 내지르는 첫 탄성처럼 감탄사를 연발했다. 꽃구경이 영 허탕은 아니었다. 산을 뒤로 둔 채 사방의 어둠은 바다, 그 어두운 심연을 확인시켜주듯 등대가 멀리서 느리게, 흐리게 깜박였다.

　꽃이 핀다. 노랗게, 하얗게, 붉게, 심지어 파랗게. 눈 깜박할새, 아니 내일이면 피었다 질지도 모를 일, 그러면 일년을 기다려야 할지도 모를 일, 아니 평생을 기다려야 할지도 모를 일. 꽃은, 내가 멈춰 서서 이름을 불러주기 전에는 아무것(의미)도 아니라 하지 않던가. 이 봄엔 어디에 있든 꽃 앞에 자주, 그리고 오래 머물러볼 일이다. 그리고 소리 내어 불러볼 일이다.

　개나리꽃이여, 벚꽃이여, 목련꽃이여! 노랗고, 희고, 붉고, 마침내 푸른 꽃이여!

다솔사 가는 길

1월의 어느 사흘, 거제로 통영으로 남해를 주유하고 산으로, 지리산으로 들어갔다. 짧은 소설을 한 편 쓰고 나올 생각이었다. 겨울 지리산은 처음이었다. 지리산으로 가는 길, 겨울 섬진강은 태초의 강처럼 순결했다. 섬섬히 고운 모래, 비단처럼 유유히 흐르는 녹청색 강물, 연초록 대나무수풀, 그 서걱임……

섬진강가에 차를 세우고 충동적으로 하동 배를 한 바구니 샀다. 그 강물, 그 햇살, 그 바람 맛을 보고 싶었다. 강물을 거슬러 오르던 겨울 오후 잔광이 산 깊은 속까지 따라 들었다. 첩첩산중, 어두워지는 창가, 문을 활짝 열어놓고 배를 까먹었다. 그 강물, 그 햇살, 그 바람 맛은 시리도록 맑고, 달았다. 아, 배 맛이 왜 꿀맛인가. 겨울 지리산, 겹겹이 쌓이는 한겨울 어둠 속에 알았다. 잡생각이 끓지 않았다. 배 맛처럼 순백의 깊은 잠을 잤다. 소설 생각은 아예 없어졌다. 산을 나오는 수밖에 없었다.

어제처럼 겨울 햇살이 강에 가득했다. 그러나 방향은 바다 쪽, 넓게 퍼지는 빛이었다. 어제 보이지 않던 키작은 초목들이 산야에 무리지어 자욱했다. 겨울산을 비호하는 검푸른 막처럼 보이기도 했고, 반대로 그 산의 초목들을 삭히는 몹쓸 세력처럼 보이기도 했다. 다행히 그것은 생명의 힘. 봄, 여름, 가을, 그리고 겨울조차 푸른빛을 잃지 않는 야생차 군락이었다.

추위에도 얼지 않고 반짝 빛을 내는 초록 이파리들을 따라 바다로 이어지는 주도로를 벗어나 산길로 접어들었다. 지도에는 실선으로만 표시된 길이었다. 깊기로 지리산만이야 할까 싶었다. 그런데 차창 밖을 내다보니 인가가 저 아래 까마득히 보였다. 자동차는 어느덧 꼬리에 허연 먼지를 매달고 울퉁불퉁 달리고 있었다. 순간 다리에 힘이 빠지면서 오금이 저려왔다.

두려움은 어디에서 오는가. 그러나 두려움은 오래가지 않는 법. 길은 길을 내는 법, 가다 막히면 돌아오면 되는 것이었다. 핸들을 잡은 손과 팔에 힘이 불끈 들어가는 반면 마음은 그럴 수 없이 편안해졌다. 산중 산세를 살피는 여유도 찾았고, 길의 역사를 더듬는 호기심도 동했다. 때로 1분이 한 시간, 10분이 하루처럼 길게 느껴지기도 한다. 마음을 다스리고 나면 1분이나 10분이나 그저 흐름 속에 있을 뿐이다. 시간의 속성, 그러니까 시간성은 흐르는 것, 자연을 되찾는 것, 곧 순수 자연이 되는 것이다.

산길은 10여 분 만에 인가에 닿았다. 녹슨 경운기가 도랑가에 처박혀 있어도, 한때 저녁이면 굴뚝에 연기를 피워 올렸을 아름다운 집이 거미줄을 폐옥의 그림자로 매달고 있어도, 사람 사는 마을은 언제나 그저 정겹다.

어디로 갈 것인가. 바다는 멀지 않다. 도로 표지판에는 하동과 사천과 곤명, 곤양이 동시에 올라와 있다. 사천 곤양, 다솔사가 지척이다. 다솔사라면 김동리의 소설 《바위》가 쓰인 곳, 그리고 비운의 화가 나혜석이 말년 한때를 의탁하며 그림을 그리던 곳 아닌가. 뜻밖의 시간, 뜻밖의 공간에서 여행은 포물선을 그리며 확장된다, 인생처럼. 다솔사 가는 길 한겨울 야생찻잎이 푸르렀다.

우정에 관하여

봄눈은 유난히 검다. 세상의 흰 것, 순결한 것을 보고 사람들은 눈을 떠올리지만, 눈은 그 사람들이 사는 도시에 떨어질수록 검어진다. 그래서 도시에 눈이 내리는 봄날은 대낮인데도 온통 컴컴하다. 컴컴한 길, 컴컴한 하늘, 컴컴한 창문. 마음마저 컴컴해지기 전에 촛불이라도 켜야 한다. 그리고 누구라도 불러야 한다. 왜 나는 너를 부르지 못하는가. 손을 뻗어야 한다. 그리고 가야 한다. 도시에 내리는 눈은 바닥에 떨어지기가 무섭게 검게 변해 사라지지 않는가. 그러니 가야 한다. 살아가야 한다. 검은 눈물 같은 봄눈을 밟고 저 아우성치는 화창함 속으로 저벅저벅 걸어 들어가야 한다. 괜찮다, 괜찮다, 허벅지 살을 뜯으며 별것 아닌 삶 속으로, 진창 속으로, 기어이.

검은 봄, 촛불이 타는 창가에서 두 사람을 생각한다. 그들은 친구였던가? 나는 두 사람 중의 한 사람만을 직접 알 뿐이다. 한두 달에 한 번 정도 만나서 그간의 삶을 듣고는 했다. 문학평론가이자 출판사를 운영하는 편집자인 그는 존경하는 선배이기도 하고 귀를 내줘야 하는 친구이기도 했다. 언제부턴가 그는, 한두 달, 혹은 두세 달의 삶을 나머지 한 사람 이야기로 채웠다. 그 사람은 단원 김홍도 그림에 능통한 전문가로 《옛 그림 읽기의 즐거움》, 《한국의 미 특강》을 펴낸 소장 미술사학자였다.

선배로부터 갓 출간한 미술사학자의 따끈따끈한 책을 받곤 했으나 그의 책은 내 서가에 꽂혀 있을 날이 없었다. 내 손에서 그 책이 떠난 것이 몇 번이던가. 매일, 매주 신간들이 서가에 쌓이곤 하는데, 그중 몇몇 책들은 아쉬움을 무릅쓰고 다른 이에게 건네줄 때가 있었다. 거기에 그치지 않고, 서점에서 책을 구입해서 보내주는 경우도 아주 드물게 있었다. 지난 몇 년 간 돌이켜보면 그 미술사학자의 책이 단연 그러했다. 나만 그런 것이 아니라는 것을 그와 그의 책을 아는 사람들을 만나면 확인할 수 있었다. 우체국까지 가서 책을 보내고 돌아오면서 생각하곤 했다. 무엇이 나를 움직이게 만드는가. 그리하여 그를 알리게 만드는가.

대답 대신 두 사람이 떠오른다. 처음 책을 만들어 나에게 건네주던 선배의 표정을 생각한다. 웃음을 베어 문 그 표정은 우정을 넘어서는 도저한 인간애의 한 표현이었다. 눈을 지그시 내리고 한 사람을 생각하며 짓는 그 미소는 나를 감동시켰다. 절망과 환멸 속에서도 인간은 아름답다고 소리 없이 외치도록 만들었다.

봄눈은 지독히 검다. 봄 햇살 또한, 푸르다 못해 검다. 봄눈이 지나간 정오의 햇빛은 어김없이 그렇다. 검푸른 햇살 아래 선배처럼 눈을 지그시 내리고 미술사학자를 생각한다. 봄이 멀지 않은 날 그는 이 세상을 떠났다. 한번도 만난 적이 없었지만 나는 며칠 동안 일이 손에 잡히지 않았다. 선배가 그를 이야기하기 시작한 때를 기억해보려고 했다.

몇 년 전, 이맘 때였다. 4월이 가까운 봄날 도시에 폭설이 내렸었고, 선배를 만나러 가는 길, 나는 광장에 거침없이 내리꽂히는 정오의 햇살에 눈을 감고 더듬더듬 걸었었다. 그날 점심식사 끝에 미술사학자의 투병 소식을 들었었다. 치명적이었다. 선배는 출판사를 자주 비웠다. 희망이 아예 없는 것도 아닌 듯했다. 어마어마한 비용을 무릅써야 했다. 미술사학자는 외부에 어떤 희망도 맡기려 하지 않고 스스로 내부에서 찾고자 했다. 선배와 그를 아끼던 지인들은 하루하루 그를 설득하지 못해 안타까워했다. 그들의 지극한 정성으로 미술사학자는 결국 치료에 응했다. 6개월이 훌쩍 지나 있었다.

봄눈이 내리는 날, 선배에게 전화를 걸었다. 꺼져 있었다. 선배의 전화기는 요즘 부쩍 꺼져 있는 시간이 길다. 걱정하지 않는다. 그는 돌아올 것이다. 돌아와 눈을 지그시 내리고 한 사람을 생각할 것이다. 그리고 웃을 것이다. 봄 햇살처럼 푸르게, 검게.

나는 볼 것이다. 푸른 것, 검은 것, 그리고 흰 것의 처절한 현상을. 현상은 어떤 식으로든 환원되고야 마는 것이다. 삶으로든, 그 너머로든. 중요한 것은 끝까지 함께 있어주는 마음, 끝까지 함께 가는 정신이다. 한 사람은 갔어도, 나는 본다. 그 옆의 여전한 한 사람을. 그리고 고개를 돌려본다. 지금, 내 옆에 누가 있는가를. 아니, 나는 누구의 옆을 지키고 있는가를.

저 거친 바다를 향해 거침없이

한 남자가 바닷가 바위 위에서 모자를 벗어들고 힘차게 손을 흔들고 있다. 그는 누구에게 외치고 있는가? 그의 앞에는 물결 출 렁이는 검푸른 바다와 밝아오는 하늘, 그리고 그 둘을 선명하게 가르고 있는 수평선뿐이다. 이것은 사실주의 화가 구스타브 쿠르 베의 〈팔라바 바닷가〉 그림 장면이다.

새해 첫날 이른 아침 일출을 보려고 달맞이고개에 올랐다가 구 름으로 해는 보지 못하고 서재로 돌아와 쿠르베의 이 사나이 앞에 잠시 섰다. 언덕 위에 올라 해를 기다리는 내내, 해안선을 따라, 그리고 고갯길을 따라 발 디딜 틈 없이 운집한 사람들 속에서 내 가 찾고 있었던 것은, 바로 이 사람, 세상을 향해 힘차게 손을 흔 드는 이 남자의 모습이었다. 그 많은 사람들 중에 그는 어디에 있었던 것일까. 단지 떠오르는 해를 보려는 설레는 얼굴들 뿐, 저 물결치는 바다를 향해 외치는 사람은 보이지 않았다.

제야의 종소리가 울리고 새해가 되도록 나는 쿠르베의 이 바닷가 남자와 마주하고 있었다. 그의 외침을 희망의 메아리로 여기며 새해 첫 편지를 썼다. 편지의 수신인은 새해 먼 길을 떠나는 젊은 청년이었다.

지난 해 9월 초, 강의실에서 그를 만났을 때 나는 백지를 건네주고 무작정 '나는 누구인가'를 쓰라고 했었다. 그것으로 대학의 마지막 학기에 임하는 젊은 문학도의 마음 자세를 알고 싶었고, 나아가 이 시대의 문학의 의미를 짚어보고 싶었다. 청년의 글은 나를 당혹스럽게 했다. 그는 스물여섯 해를 살아오는 동안, 오직 앞만 보고 살았고, '나'를 뒤돌아보면 마음이 복잡해지므로, 가능한 한 이 상태를 계속 유지하며 살고 싶다고 했다.

문학은 반성을 기본으로 하는 성찰의 기록이다. 나라는 존재에 대한 고민, 나의 내면을 향한 깊은 시선을 외면해서는 한 발짝도 나갈 수 없는 세계다. 나로부터 출발해서 타인과의 소통, 나아가 보다 나은 세상의 창조가 문학의 본질인 것이다. 그런데 청년의 글은 이러한 문학성을 근본적으로 거부하는 태도가 아닌가! 아니면 심리적으로 완전히 독립을 하지 못한 유아적 태도로 보아야 하는가! 청년을 볼 때면 빙긋이 웃음이 나오기도 했고, 웃음 끝에 안타까운 마음이 들기도 했다.

한 해가 저물고 방학이 시작될 무렵 청년은 한 통의 편지를 이메일로 보내왔다. 곧 바다 건너 먼 타국으로 떠난다고 했다. 그 어느 때보다 '나는 누구인가'를 치열하게 생각하며 마지막 학기를 보냈고, 그 힘으로 미지의 세계로 향하는 마음이 두렵지만은 않다고 했다. 그러고 보니 학기 중에 청년이 리포트로 제출했던 것이 '전혜린론'이었음을 떠올렸다. '나'를 생각하는 것을 끔찍하게 꺼렸던 그에게 전혜린의 《이 모든 괴로움을 또다시》나 《그리고 아무 말도 하지 않았다》 같은 철저하게 내면 응시의 글들은 쥐약이나 마찬가지였을 터였다. 그러나 전혜린을 선택한 것은 누구의 강제도 아닌 바로 그 자신이었다.

문학으로 무엇을 할 수 있는가? 이제는 어디에서도 들리지 않는 메아리일지라도 나는 새로운 출발을 앞둔 젊은 청춘들에게 매번 백지를 건넨다. 그리고 '여기가 아니라면 그 어디에라도 떠나라!'고 틈만 나면 부추긴다. 부모를 떠나고, 나를 떠나고, 고향을 떠나고, 조국을 떠나라고! 아일랜드든, 중국이든, 아메리카든, 인도든, 낯선 세계를 주유하고, 마침내 삶을 일구어 돌아오라고! 내 외침이 악마의 그것처럼 치명적이었던가. 청년 말고도 몇 명이 더 새해에는 타국으로 떠날 모양이다. 특정한 곳에서는, 국경을 넘는 일이 여전히 죽음과 맞먹는 일이지만, 세상은 이미 국경의 의미를 벗어던지고 있지 않은가.

다시 바닷가 끝자락 바위 위에 선 남자와 마주한다. 마냥 떠오르는 해를 기다리기보다는 손을 번쩍 들고 거친 바다를 향해 외칠 때다. 청년에게 짧게 답장했다. '떠나라, 너의 세계를 향해! 그리고 돌아오라, 붉은 열매의 단단함으로!' 편지 말미에 지난 세기 누구보다 '나'와 '세상'을 향해 뜨겁게 외쳤던 사르트르의 일성—

聲을 찔러주었다. "이 시대는 우리의 시대이다. 더 좋은 시대들이 있을지 모르지만 우리가 가진 건 이것뿐이다" 어디에선가 세상의 중심을 향해 외치는 목소리가 들리는 듯하다.

한 줄기 빛의 행로

범어사에 다녀왔다. 절에서 조금, 울었다. 금정산 길, 피보다 붉은 단풍을 보았다. 내려와서 뒤돌아보니 그것이 마지막 단풍이었다. 빈방을 열고 들어와, 시집 한 권 붙잡았다. 김사인의 《가만히 좋아하는》. 19년 만에 펴냈다는 이 시집은 지난 봄 홍매紅梅의 그늘 속에 가만히 내게 와서는 지금껏 서가를 지켰다. 〈조용한 일〉이라는 짤막한 시가 눈에 밟혔다.

이도 저도 마땅치 않은 저녁
철이른 낙엽 하나 슬며시 곁에 내린다

그냥 있어볼 길밖에 없는 내 곁에

저도 말없이 그냥 있는다

고맙다
실은 이런 것이 고마운 것이다

이 희귀한 시집에는, 여느 시집과는 달리 표제로 얹어놓은 '가만히 좋아하는' 이라는 제목의 시가 없다. 70편 가까운 시편들 하나하나가 오직 시집 《가만히 좋아하는》의 시어가 되고, 행과 연이 되고, 운율이 되어, 하나의 큰 울림을 이루고 있다. 울림이란, 실은 아름다움이, 또는 아픔이 뼛속 깊은 아픔으로, 또 그 아름다움으로 서로 치달아 일어나는 공명 현상. 범어사에서 나는 왜 울었는가. 금정산의 단풍은 왜 피보다 붉게 내 눈을 찔렀는가. 그리고 나는 왜 문득 뒤돌아보고, 또 빈방의 시집을 와락 품었는가.

작년과 올해 나는 범어사를 세 번 찾았다. 그저, 거기 있는 것만으로도 하염없이 고마운 존재, '관조 스님' 이라는 하나의 빛을 찾아서였다. 세 번 중 단 한 번 스님을 뵈었다. 10월의 마지막 날 아침이었다. 스님은 차를 내주시고는, 지그시 바라보시며 내내 가만히 앉아계셨다. 지그시 바라보시는 그 눈빛이 수정처럼 맑았다.

그러나 스님의 눈동자에는 수정의 투명성과 함께 불립문자 저 너머 세계, 초월적인 힘이 오롯이 담겨 있었다. 나는 스님을 바로 뵙지 못했다. 다만, 가만히 느껴볼 뿐이었다. 그러나 그럼에도 불구하고 나는 마치 본 것처럼, 그리하여 꿰뚫고 있었던 것처럼, 스님의 눈빛과 그 눈동자를 기억하고 있었다. 내가 보았다고, 꿰뚫었다고 느끼는 것은 바로 관조 스님의 깊고 너그러운 후광 속에 있어서 가능한 것이었음을 세번째 범어사에 가서야 부끄럽게 깨달았다.

어느 해 봄, 《사찰 꽃살문》이란 아름다운 사진집으로 관조 스님을 만난 이후 작년 5월 처음 범어사에 갔었다. 오랜 세월 마음으로 모셔온 황룡사터나 감은사터를 제치고 간 것이었다. 그곳의 안심료, 달빛에 대나무 이파리 어른어른 먹자국을 남기는 숫대살문을 꿈꾸고, 팔상전 어간의 격자매화꽃살문과 나한전의 띠살과 빗살문을 꿈꾸고, 독성전 어간의 솟을매화꽃살문을 꿈꾸고 난 뒤였다. 불자도 아니면서 오랜 세월 나도 모르게 절로 향하던 발길, 그 숨은 의미와 시간의 힘이 바로 거기에 있음을 관조 스님은 사진으로 가만히 비쳐보였다.

나에게 범어사에 이르는 길은, 일주문을 지나 팔상전과 독성전, 나한전의 꽃살문들을 지나, 30여 년 관조 스님의 거처 안심료에 이르는 길이었다. 5월, 싱그러운 빛 속의 안심료는 적조하였다. 스님은 멀리, 더 깊은 빛을 쫓아 출타중이셨다. 흠모할수록 가만히, 한 발 뒤로 물러나 섬기는 나에게는 스님이 부재중이라는 전갈이 오히려 다행으로 여겨졌다. 안심료의 마당이며 주춧돌이며 마루며 처마며 붉은 연등, 그리고 거처이자 작업실인 숫대살문 안쪽을 상상하며 오래오래 서성일 수 있었다.

세번째 범어사를 찾았을 때에도 나는 그저 안심료를 건너다보며 서있어야 했다. 스님은 더 멀리, 영영 멀리 떠나신 것이었다. 단 한 번, 처음이자 마지막으로 뵈었던 10월의 마지막 날을 끝으로 스님은 이 사바세계에서 육신을 거두어 영원의 빛이 되셨다. 우리는 그날 거기 그렇게 존재하는 것만으로도 깨달음을 주는 절대 미의 대상을 한순간에 잃은 것이었다. 스님의 산중장山中葬이 거행되던 보제루, 처음의 떨림이 울음이 되어 허공으로 치솟았다. 스님께서 열반에 들며 남긴 게송偈頌이 천지를 울렸다. '삼라만상이 본래 천진불이요, 한줄기 빛으로 담아 보이려 했다네. 내게 어디로 가느냐고 묻지 말라. 동서남북에 언제 바람이라도 일었더냐.' 삼가 두 손을 모았다. 나무아미타불 관세음보살.

그라운드 제로, 그리고 삶은 계속된다

110은 어떻게 0이 되는가. 이것은 수학적 질문도, 또한 철학적 화두도 아니다. 일종의 탄식, 허망한 숨소리일 뿐이다. 뉴욕의 심장 맨해튼, 옛 세계무역센터(WTC) 자리. 붕괴된 110층의 잔해들은 모두 어디론가 실려 가고, 8월의 눈부신 햇살만이 철망으로 둘러 처진 공터에 가득했다. 그곳은 21세기의 '그라운드 제로' (Ground Zero). 핵무기가 폭발한 지점의 바로 아래나 바로 위를 그라운드 제로라고 부른다. 히로시마 원자폭탄 피폭 지점을 가리키는 말로 처음 등장했다가 대지진이나 대재앙으로 초토화된 현장을 일컫는 것으로 통용되었다. 2001년 세계무역센터 붕괴 이후부터는 '9·11 테러의 현장'을 가리키는 고유명사로 자리잡았다.

소설을 읽다 보면 "그 후 5년이 흘렀다"라는 식의 문장을 만나게 되는데, 그것은 몇 단어로 구성된 짧은 한 문장이지만, 독자는 그 한 문장을 통해 5년 동안 일어났을 법한 주인공과 현실의 변화를 감지하게 된다. 그 한 문장의 효과를 위해서 작가는 그 직전까지의 과거를 길고 세부적으로 서술해야 한다. 발자크의 〈으제니 그랑데〉는 바로 이 효과적인 요약 서술이 살아 있는 소설이다.

몇 해 전 여름, 뉴욕의 그라운드 제로에 섰을 때 내 머릿속을 사로잡은 것은, 110과 0의 간극과 발자크식의 '그 후 5년……' 이라는 요약 서술의 한 문장이었다. 21세기가 끝날 때까지 '9·11 사건'은 '그 후 5년……'의 공식을 충실하게 되풀이하면서 악몽의 순간을 환기시킬 것이다. 19세기의 유럽사, 특히 프랑스사를 연구하는 사람이라면 19세기의 총체상을 《인간희극》이라는 방대한 저작 속에 용해한 발자크를 간과해서는 안 된다는 것이 통설이다. 21세기 초에 일어난 불가사의한 '9·11 사건'은 이제 뉴욕의 젊은 소설가 조너선 사프란포어에 의해 소설로 씌어졌는데, 《엄청나게 시끄럽고 믿을 수 없게 가까운》이 그것이다.

폐허는 햇빛 속에 잠시 영원의 환각을 드러내는 법. 지하철에서 빠져나와 계단을 밟고 현장으로 올라가는 동안 폭염의 공기는 무겁고 공터를 제외한 주위는 사뭇 어두웠다. 공터를 둘러싼 철망들의 검은 선들, 그들 앞에 둘씩 셋씩, 또는 한 무리씩 모여 서서 공터를 기웃거리는 사람들의 뒷모습을 바라보면서 나는 찰나적으로 기록영화의 현장 속에 들어와 있는 듯한 착각을 일으켰다. 툭 터진 넓은 공간은 세계에서 몰려든 이방인들로 엄청나게 시끄러웠으나 웬일인지 나에게는 믿을 수 없이 고요했다. 나는 철망

너머 움푹 팬 공터와 그 위로 쏟아지는 햇빛에 감전되어 있었던 것이다. 그 백색의 공포를 나는 잊지 않고 있었다. 내 기억 속에는 몇 해 전 베를린의 철망과 공터, 그리고 그 공터에 쏟아지던 강렬한 햇빛이 도사리고 있었던 것이다. 나는 공터에서 길을 잃고, 그 햇빛에 눈이 멀곤 했다.

먹먹해진 눈으로 계단을 밟고 올랐다. 지하철 역사 처마 위로 푸른 하늘이 펼쳐져 있었다. 창공을 향해 떠있듯이 'World Trade Center'라는 문자가 역사 처마 끝에 허구의 상징처럼 붙어 있었다. 역사 밖 작은 광장은 예의 폐허에 내리던 햇빛과 인파로 소란했다. 잠시 방향을 잡지 못하고, 또 무엇을 보아야 할지 갈피를 잡지 못한 채 광장의 군중 속에 휩쓸렸다.

그러는 사이 나는 피켓을 든 두 사람과 부딪칠 뻔했다. 뒷걸음질 쳐서 바라본 피켓에는 '9·11 was an INSIDE JOB'이라고 쓰여 있었다. 부시 정권의 음모론을 주장하는 문구와 동참을 촉구하는 시위대였다. 진실은 어디에 있는가.

푸른 하늘로 눈을 돌렸다. 제트기가 날쌔게 비상하며 S사의 광고 문구를 퍼트리고 있었다. 한때 한 아랍인 감독은 '그리고 삶은 계속 된다'는 영화로 내 절망스런 현실을 위로해주곤 했었다. 내가 없어도 세상은 돌아간다는 것, 그 당연하고도 끔찍한 진실을 무기처럼 들고 나온 이는 《이방인》의 작가 카뮈였다. 그리고 뉴욕의 젊은 소설가 조너선 사프란포어가 이제 그 외침을 그의 신작 소설 속에 격렬하게 반복하고 있었다. '네가 있는 곳에 왜 나는 없는가'라고.

광장에서, 그러니까 시위대에서 벗어나 오른쪽으로 조금만 걸어가면 철망이 시작되는 벽 위에 긴 전광판이 설치되어 있었다. 9·11 참사의 현장에서 한 사람이라도 더 구조하려고 사지로 뛰어든 희생자들의 목록이었다. 그 이름들을 하나하나 읽어본들 무슨 소용이 있으랴. 내 눈은 수천의 이름을 한 단어로 요약해주는 'HERO' 위를 속절없이 오갈 뿐이었다. 과연 진실은 무엇인가. 폐허에 쏟아지는 햇빛만이 알 것이었다.